J.-H.
Rosny aîné

Nymphée

Copyright © 2022 by Culturea
Édition : Culturea 34980 (Hérault)
Impression : BOD - In de Tarpen 42, Norderstedt (Allemagne)
ISBN : 9782382746110
Dépôt légal : Septembre 2022

Préface

Ce fut toujours ma conviction que, malgré nos armées d'explorateurs, il demeure bien des choses secrètes, bien des territoires et des êtres étonnants sur notre globe. – Cette conviction s'est accrue en moi par l'extraordinaire aventure qui m'advint dans l'Asie orientale, et que j'entreprends de raconter ici. Oui, il est encore bien des régions de mystère : terres marécageuses, terres souterraines aux fleuves merveilleux, terres de montagne, terres de forêt. Les voyageurs les ont frôlées sans doute, – mais ils n'ont parcouru qu'une ligne, un lacet de leurs vastes surfaces : des eaux putrides et des limons les ont arrêtés, ou la faim, la soif, la maladie ; des végétations inextricables les ont contraints de contourner les lisières. Quant aux pays de cavernes, vous savez qu'en notre France même il en est de prodigieuses – inexplorées… Je ne parle, d'ailleurs, que des terres d'Europe, d'Asie et d'Amérique, – car l'Afrique garde ses centres de mystère, l'Australie n'a fait que de fragmentaires révélations, les extrêmes latitudes arctiques et antarctiques demeurent inviolées !… Ce que je vais conter ici est la vérité stricte – et, puisque je n'invente rien, je crois pouvoir affirmer sans immodestie que c'est une des plus saisissantes, des plus attachantes aventures que jamais l'homme relata. Si elle ne paraissait point telle, c'est que je n'aurais pas su convenablement la dire : même en ce cas, elle ne laissera pas dépassionner les esprits.

Pour l'intelligence du récit, et afin de n'avoir pas à l'encombrer de fastidieux préliminaires – il faut savoir que j'accompagnais l'Expédition géographique de 1891 aux régions de l'Amour, sur les confins de la Russie d'Asie et de la Chine. À cette expédition, expressément patronnée par le gouvernement français, j'étais, malgré ma jeunesse, adjoint comme naturaliste et comme médecin. Notre chef était le célèbre Jean-Louis Devreuse, capitaine du croiseur *Héro*, dont on sait les glorieuses explorations aux régions antarctiques.

Le récit commence au huitième mois de notre voyage.

Robert Farville.

Première partie

Les grands marécages

Dans le pays que nous parcourions, il règne une fécondité merveilleuse. Les hommes y sont rares. Le silence stagne autour de formidables marécages ; la Bête, libre de croître, s'est multipliée sur les terres et dans les eaux ; les oiseaux remplissent jusqu'aux nuages, les rivières bouillonnent d'une population grouillante et profonde.

L'âme y prend de l'envergure ; j'y connus plusieurs mois de vastité et de pleine vie. Mon rêve coulait comme les grandes eaux, croissait comme les forêts terribles : j'assistais à de puissants exodes de loups, de grues, de chevaux, d'ours, de ramiers ; j'étais fou de bonheur dans le vent, le reflet des rivières, la douceur des herbes, le bruit des saules et des roseaux.

C'est alors que les marécages nous arrêtèrent. Une contrée équivoque allait à notre gauche, entrecoupée de longs caps où les hérons se tenaient dans leurs songes, où des râles couraient parmi les roseaux. Nous traversâmes de confuses lagunes, nous franchîmes un marais profond sur un radeau fait d'un aulne abattu par la foudre. Et la contrée noire s'élargit, pleine de forces souterraines, pleine d'une vie reptilienne et fiévreuse : des crapauds géants rôdaient près des rives ; des serpents plongeaient dans les boues et les herbes flétries ; de fourmillants insectes creusaient la terre molle pour y abriter leurs maternités. Des gaz fades et mortels, je ne sais quels bas orages venus des vases et des boues, tous les carbures qui s'y allument la nuit, et surtout le firmament très bas et très opaque sur les bandelettes de terre perdues dans l'eau sinistre et les algues d'écume verte, tout nous emplissait d'un sentiment de grandeur épouvantée.

Nous avancions toujours, n'ayant plus le courage de reculer, acharnés à trouver une traverse.

Or, c'était au décours d'août : depuis trois semaines déjà nous errions à l'aventure. Au passage de rapides, nous avions perdu nos tentes ; le découragement régnait parmi nos hommes. Mais le chef ne désarmait pas. Âpre esprit explorateur, doué d'énergie opiniâtre, étroite, farouche et presque cruelle, cuirassé contre l'inquiétude et contre la tendresse, il était de la race de ceux qui savent admirablement lutter, dompter hommes et choses, mourir héroïquement lorsqu'il le faut, – mais dont la vie intime est morose, monotone, presque nulle. Il nous tenait sous le joug de sa volonté.

Déjà notre guide asiatique n'avait plus la moindre connaissance du pays ; et à toutes les demandes il répondait avec la tristesse impassible des Orientaux :

« Pas savoir… terres des hommes méchants… y a rien savoir ! »

Nos hommes suivaient avec un commencement de révolte. Moi, je n'avais d'inquiétude que pour la délicieuse fille du capitaine, Sabine Devreuse.

Comment elle avait obtenu de nous accompagner, c'est ce qu'il est malaisé de comprendre. Sans doute le capitaine avait cru l'expédition courte et peu périlleuse, et les supplications de la jeune fille avaient fait le reste. Puis, les coureurs d'univers finissent par avoir des optimismes insondables, des croyances singulières en leur étoile.

Chaque jour, Sabine Devreuse m'était devenue plus chère : par elle, une lumière de grâce, une joie supérieure accompagnait le voyage. Par elle, les haltes du soir devenaient un incomparable poème. Avec sa physionomie sensitive, sa bouche finement tendre, elle était d'une grande résistance – jamais malade, rarement lasse. – Oh ! oui ; qu'elle était le charme de nos expéditions, l'églantine exquise de notre rude buisson d'hommes.

Un matin, nous crûmes aborder un pays plus praticable. Le commandant triomphait déjà, tandis que nous traversions une manière de plaine fiévreuse, à peine constellée de petites mares :

« Nous allons déboucher par l'est… probablement dans des savanes… comme j'avais prévu, » disait-il.

Je ne partageais pas son optimisme ! L'œil fixé à l'horizon, j'avais le pressentiment de périls plus considérables. Bientôt, en effet, les eaux revinrent, les eaux perfides et pernicieuses. Par surcroît, une pluie interminable commença de tomber. La plaine s'étendait mi-pierreuse, couverte par places d'une mousse spongieuse et d'un lichen muqueux. Les marécages se multiplièrent, on perdait des jours à les contourner, pendant que toutes espèces de bêtes palustres glissaient autour de nous, épouvantaient nos chevaux. Nos imperméables troués nous couvraient mal ; nous étions mouillés jusqu'aux os. La halte du 30 août, sur une petite éminence schisteuse, sans abri, sans combustible, fut parmi les plus accablantes de notre voyage.

Le commandant, raide et dur comme les conducteurs assyriens qui mènent les captifs sur les bas-reliefs de Khorsabad, ne parlait pas. Un abominable crépuscule mourait dans le déluge. L'humide implacable, les grisailles funéraires, le sol indigent et fiévreux, accablaient les âmes. Seule, Sabine Devreuse trouvait la force d'un sourire. Chère fille, symbole du foyer, de la grâce familière d'Europe, voix argentée dans ces ombres pluvieuses. Ah ! que je me rassérénais à l'entendre, oubliant angoisse et lassitude. Figurez-vous notre coucher sur le sol visqueux, dans des *ténèbres absolues*, car c'était à la lune nouvelle, à la lune obscure, sous un firmament triplement couvert de nuées, du levant au couchant.

Je dormis cependant, avec des intervalles de réveil et d'affreux cauchemars. Environ une heure avant l'aube, nos chevaux s'agitèrent avec de grands souffles de terreur. Ils se seraient certainement enfuis, sans les courroies solides dont nous avions coutume de les entraver. Le guide me toucha le bras :

« Le Mangeur d'hommes ! »

Vous ne pouvez imaginer, dans la nuit d'encre, sous la froide douche intarissable, l'horreur de ces paroles. Levé en sursaut ; j'eus pourtant la force d'armer ma carabine, protégée par une gaine de cuir huilée, puis je tentai de sonder les ténèbres. Autant aurait valu tenter de regarder au travers d'une muraille.

« Comment le sais-tu ? » dis-je.

Un grondement assourdi s'éleva sur la plaine, dissipant tout doute. C'était bien *Lui*, le plus grand fauve du monde, l'immense tigre du Septentrion qui franchit les rivières glacées, ravage les petites cités de l'Amour, successeur, sinon descendant, du formidable dominateur de l'âge quaternaire.

Ce n'était pas la première fois que nous le rencontrions. Mais à douze, derrière un brillant feu de campement, bien armés, bons tireurs, il ne nous avait jamais surpris jusqu'à l'épouvante, tandis que dans cette nuit funèbre, nous étions incapables de suivre les mouvements du monstre. Nous n'avions que la ressource d'attendre. Lui, y voyait admirablement.

« En carré ! » – murmura le commandant.

Nous étions debout, nos chevaux haletaient davantage. Nous aurions pu nous faire un abri de leurs corps, mais ils gisaient en désordre, et le danger était peut-être plus grand auprès d'eux. Le guide dit :

« Lui venir… moi l'entendre ! »

Nul ne doutait de la prodigieuse ouïe de l'Asiatique et… oh ! ce mur humide, cette pluie noire, cet innommable mystère ! Bientôt je perçus à mon tour le pas du grand fauve se glissant, s'arrêtant. La sensation qu'il nous voyait, qu'il se préparait, calculait son attaque, allait bondir à l'improviste, c'était à faire défaillir les plus braves !

Une pause. La bête devait hésiter sur le choix d'une Victime. Dans ces solitudes où elle n'est point en contact avec l'homme ni le cheval, l'un et l'autre l'étonnaient sans doute. À la fin, la marche reprit dans l'ombre – nous perçûmes que le tigre était vers la gauche, plus près de notre carré que des chevaux.

« Un coup au jugé, » – me dit Devreuse.

J'étais incontestablement le meilleur tireur au jugé de la troupe, je crus pouvoir viser à cent pas… Un rugissement suivit la détonation ; nous entendîmes trois fois la chute d'un corps lourd. Le tigre était maintenant proche. Son souffle était violent, saccadé.

« Alcuin, Lachal, tirez ! » dit le chef.

À la lueur des amorces, nous entrevîmes la silhouette formidable, accroupie pour un élan suprême ; puis, avant que Devreuse eût pu donner un nouvel ordre, la bête fut sur nous. Dans l'impénétrable ténèbre un cri de mort, deux secondes d'horreur infinie. Personne n'osait tirer ! Puis un nouveau cri, un craquement de mâchoires. Enfin, quelqu'un tira.

La lueur montra deux des nôtres renversés, le tigre dressé, prêt à en terrasser un troisième. Mais, en même temps, la position du fauve était connue – des carabines s'abattirent.

Quatre détonations… La bête poussa un gémissement épouvantable, puis il se fit un court silence :

« Lui blessé ! » – chuchota notre guide.

À peine avait-il parlé, qu'un rauquement répondit. Je sentis le passage d'une masse formidable, je fus saisi implacablement, irrésistiblement, roulé, secoué, emporté, comme un passereau par un lynx.

« Je suis perdu, » pensai-je !

Il me vint une résignation incroyable. Je m'abandonnai à la mort. Je n'avais aucun mal ; j'étais dans un délire lucide, je tenais machinalement ma carabine… Un temps indéterminable s'écoula, puis un arrêt brusque. J'étais sur le sol. Une haleine forte et fétide me soufflait sur la face… Et soudain toute ma résignation me quitta, se changea en terreur immense, en regret démesuré de la vie… Une griffe s'abaissa, je sentis que j'allais être déchiré, broyé, dévoré.

« Adieu ! » m'écriai-je faiblement.

Et cependant, d'un instinct désespéré, j'avais levé ma carabine… L'éclair, le crépitement… La bête hurle et bondit, et bondit encore. Je suis toujours étendu, j'attends toujours la mort… J'écoute ce râle colossal à trois pas ; un faible espoir pénètre dans mon âme… Qu'est-ce ? Vais-je périr, vais-je vivre ? Pourquoi suis-je libre ? Pourquoi le fauve demeure-t-il à râler, sans chercher sa vengeance ? Un mouvement ! Il s'est relevé, je vais mourir… Non, il retombe, il ne râle plus – le silence !… le grand silence !…

Combien de temps tout cela dura-t-il ?

L'épouvante et l'horreur en firent de l'infini. Je me retrouvai debout sans savoir comme, dans l'attente mortelle. Des approches de pas humains, une voix, la voix de l'Asiatique :

« Lui très mort ! »

Dans les ténèbres, sa main avait saisi la mienne ; je répondis d'une sauvage étreinte. Et l'angoisse demeurait, le doute si la bête était vraiment anéantie… si elle allait se relever et bondir.

Certes, elle ne bougeait ni ne respirait. On n'entendait que la chute monotone de la pluie, et les pas tâtonnants de mes compagnons. La voix du capitaine s'éleva :

– Robert, êtes-vous sauf ?

– Oui !

Et je parvins après plusieurs tentatives à allumer une allumette sous le couvert de mon manteau. Dans cette frêle lueur, l'apparition fut saisissante : la bête géante dans la boue rouge, belle encore d'attitude et de menace, la gueule crispée sur ses immenses dents de carnivore, une griffe en arrêt, montrant ses poignards effilés ! En vérité, elle ne remuait plus, ne palpitait plus ! Comment cela s'est-il fait ? Est-il possible que me voilà parmi les vivants, sauvé du péril hideux ? Est-ce moi qui respire ?... Ah ! j'ai bien cru sentir l'heure dernière, le souffle glacé de l'anéantissement.

L'Asiatique répétait :

« Lui très mort ! »

À tâtons nous rejoignîmes le capitaine, nous regagnâmes l'éminence. Là une douce voix tremblante me fit battre le cœur :

« Êtes-vous blessé ?

– Non, Mademoiselle… ou du moins peu grièvement… la bête a dû me tenir par le cuir et le caoutchouc de mes vêtements. Et les autres ?

– Moi, – répondit Alcuin, – il me semble avoir une bonne estafilade à la poitrine… le tigre m'a tout de suite quitté… »

Une deuxième voix s'éleva plus plaintive, plus voilée :

« Je suis blessé à la hanche… mais le choc surtout a été terrible… »

Nous ne pensions plus ni à la fatigue ni à la pluie : ce terrible péril esquivé nous remplissait d'une excitation presque joyeuse. Une très fine grisaille commençait à teinter l'orient. Longtemps, cette lueur demeura incertaine, permettant à peine de nous entrapercevoir. Elle grandit enfin, et ce fut le jour, un triste jour dans une contrée de désolation où la pluie faisait déborder les marécages. Devant la misère du paysage l'excitation tomba. Une tristesse profonde pénétra les âmes. Moi, je n'avais d'yeux que pour cette brillante Sabine qui éclairait ma destinée comme la tramontane les marins antiques.

Nos blessures n'étaient pas assez graves, pour nécessiter une halte.

Une journée encore dans l'horrible solitude, sous l'implacable pluie tueuse d'énergie. Nos hommes murmuraient de plus en plus. Ils se tenaient à distance, ils conféraient secrètement. Lorsque j'approchais, ils me jetaient des regards méfiants. Il n'était pas difficile de deviner qu'ils complotaient – et quoique je fusse personnellement prêt à suivre le capitaine au bout du monde, cependant je comprenais leur mécontentement, j'avais pitié d'eux.

Vers quatre heures de l'après-midi, Devreuse se décida enfin à faire halte. Outre notre fatigue excessive, outre les soins dus aux blessures, cette halte fut déterminée par la rencontre inespérée d'un abri.

Au milieu de la plaine, c'était un bizarre monticule de gneiss, à peu près haut de trente mètres. Nous le gravîmes par une large enfonçure qui semblait complétée par des mains humaines. Au sommet, le monticule comportait une plate-forme et une grotte. Le sol de la grotte, en pente, était fort sec ; le tout faisait une vaste salle assez claire.

Après deux jours d'averse, cet abri avait quelque chose de providentiel. Aussi nos hommes manifestèrent l'intention d'y passer la nuit. Le chef ne se refusa pas à une demande aussi raisonnable ; nos petits chevaux montèrent sans encombre, et nous nous trouvâmes logés avec un confort inespéré. Inespéré, car, outre la grotte proprement dite, nous trouvâmes des couloirs, des renfoncements où nous pûmes procéder à quelques soins d'hygiène. L'eau ne manquait pas – une dépression de la plateforme formait un petit étang, d'autant plus frais qu'il s'écoulait continuellement.

Une heure plus tard, nos blessures bien pansées, une partie de nos vêtements séchaient dans la grotte. Nous achevâmes de manger les provisions qui nous restaient de notre dernière chasse – quelques tranches d'élan cuites d'avance. Mais qu'il eût été bon de boire une tasse de thé chaud ! Hélas ! le feu manquait.

« Il sera utile d'aller couper quelques branchages, dit un des hommes.

– Ils n'auraient pas le temps de sécher ! dit morosement le capitaine.

– Voire ! répondit l'homme.

Son ton me frappa. Je me tenais à ce moment sur le seuil de la grotte avec Sabine. Nous contemplions le pays à travers le rideau mélancolique de la pluie. Je n'en goûtais pas moins le délice de cette minute. Que la grâce est forte ! Dans son manteau gris, les cheveux humides négligemment noués, le teint diaphane, Sabine restait le sens palpitant de la vie, la jeunesse sacrée. Toutes les nostalgies, toutes les anxiétés, s'évanouissaient à la courbe de cette bouche, à son mystérieux sourire...

Comme je l'ai dit, la voix de l'homme (c'était Alcuin) me fit me retourner. Devreuse aussi avait été frappé de la réponse. Et avec sévérité :

« Qu'avez-vous dit ? »

Alcuin, troublé d'abord, repartit avec une fermeté respectueuse :

« C'est que nous sommes bien fatigués, capitaine... quelques jours de repos nous sont nécessaires... et la blessure de Lefort demande des précautions ! »

Ses compagnons hochèrent la tête pour l'approuver, ce qui eût dû faire réfléchir le chef. Mais, comme toujours, la déraison de sa volonté l'emporta :

« Nous partons d'ici demain matin !

– Nous ne le pourrons pas ! »

Et Alcuin se risqua encore à dire :

« Nous désirons cinq jours de repos… L'abri est sain… Nous y reprendrons des forces… »

Une ombre d'indécision passa sur le dur visage du chef. Mais l'homme était décidément trop inaccessible, maniaque de résolutions absolues, superstitieux et croyant à sa prescience. Il avait déterminé en lui-même qu'il y avait un passage sud-ouest : il ne voulut pas perdre un jour :

« Nous partirons demain matin !

– Et si nous ne le *pouvons* pas ? » demanda doucement Alcuin.

Le visage de Devreuse se ferma :

« Refuserez-vous de m'obéir ?

– Non, capitaine, nous ne refusons pas, mais nous ne pouvons plus ! L'expédition ne devait durer que trois mois. »

Devreuse, agité, évidemment reconnaissait quelque justice à la réclamation de son subalterne, sinon il n'aurait pas différé sa réponse. J'espérais encore qu'il céderait au bon sens, accorderait le répit. Mais non, il lui lut impossible de céder :

« C'est bien, dit-il. – J'irai seul… »

Puis il se tourna vers moi :

« Vous m'attendrez ici dix jours ?

– Non ! m'écriai-je… que ceux-ci vous abandonnent, je ne veux pas être leur juge… mais pour moi, je fais le serment de ne pas vous quitter que nous ne soyons sur une terre civilisée ! »

Les hommes demeurèrent impassibles. L'âpre lèvre de Devreuse marquait une émotion inaccoutumée :

« Merci, Robert ! » – dit-il avec force.

Et s'adressant aux autres, dédaigneusement :

« Je ne dénoncerai pas votre conduite, prenant en considération la fatigue et la longueur du voyage. Mais je vous donne l'ordre de nous attendre ici jusqu'au quinzième jour… Hors le cas de force majeure, votre désobéissance, cette fois, sera de la trahison.

– Au moins jusqu'au soir du quinzième jour ! – répondit Alcuin d'un ton humble… Et nous regrettons… »

Devreuse l'interrompit d'un geste hautain… Nous demeurâmes longtemps dans un sombre silence.

II

Aveu

Je me levai à l'aurore. Tout le monde dormait encore profondément. J'étais nerveux, plein d'inquiétude pour cette délicate Sabine que son père allait exposer à des périls nouveaux. Je me reprochais ma résolution : peut-être, si je m'étais rangé du côté des autres, le capitaine ne se fût pas opiniâtré. Cette idée me rongeait. Et cependant, intraitable comme il l'était, le contraire semblait plus probable. Ne serait-il pas parti seul, emmenant Sabine ?... Cette séparation m'eût été plus amère que la mort !

Ainsi rêvais-je sur le seuil de la plate-forme. Une morose journée débutait dans l'inépuisable pluie. Tout le paysage était eau. L'eau triomphait du ciel à la terre.

Soudain, j'entendis un faible bruit derrière moi, une marche légère et prudente. Je me retournai ; – c'était elle, Sabine. Enveloppée de sa petite mante, elle venait d'un air de gracieux mystère. Et avec elle toute crainte, toute tristesse s'éparpillaient. La pluie même devenait charmante.

Immobile, hypnotisé, j'eus tout juste la force de balbutier un mot de politesse :

« Je venais vous parler. »

Ces mots si simples prirent un infini de mystère et de trouble.

« J'ai été très touchée, – reprit-elle, – de votre dévouement... Mon père, qui vous en gardera une reconnaissance éternelle, ne sait pas remercier. Voulez-vous que je vous remercie pour lui ? »

Oh ! les cheveux du matin mi-libres sur la nuque éblouissante, oh ! l'humble mante grise plus belle qu'une robe de fée. Délicieuse entrée de grotte, douce pluie qui scandait les paroles de ma bien-aimée... Je n'étais plus que force adorante, chacun de mes nerfs chargé d'amour... Mais une angoisse me prend. Cette minute est trop belle ! Elle a – sais-je pourquoi ? – d'un coup parachevé ma passion. Elle a été l'éclair qui déchaîne l'orage. Sans doute tout était prêt, l'âme depuis longtemps fleurie, la tendresse profonde et durable. Mais si souvent l'amour, même puissant, se perd dans un long silence, dans un silence qui peut n'être jamais rompu. Une aventure légère – une jolie démarche comme celle de Sabine en ce moment – peut ne laisser plus que l'alternative entre le bonheur et la détresse, le triomphe ou l'amour mortel, sans réponse. Ce matin, je *sais* que je vais parler, je *sais* que je vais interroger le destin. De quelles tortures je puis payer cette minute ! Et alors maudite soit la venue de l'aimée. Je murmure :

« Si j'ai pu vous plaire en parlant comme j'ai parlé… la récompense est trop grande. »

Elle m'épie de ses beaux yeux frais, et toujours grandit le sortilège :

« Trop grande ? »

Voilà qu'elle rougit. Pour moi, mon souffle va si vite que, toute une minute, ma voix se perd. Comment oserais-je lui dire ? Et si je parle, et si j'ai parlé pour la nuit ? Si c'est le refus ? Si jamais ces mains ne doivent étreindre les miennes, si ces lèvres rouges ?… Doutes âpres, doutes puissants, comme ils contractèrent mon être ! Je pus parler enfin :

« Oui… trop grande… votre remerciement paierait tous les périls et tous les dévouements !… »

Elle cessa de me regarder. La lèvre craintive sur la pâleur des dents, Sabine fut ma destinée même, elle résuma la Vie et le Nirvana en ses grands cils abaissés. Je dis avec tremblement :

« Mon dévouement vous fait peur ?

– Il faudrait que je fusse bien peureuse, » fit-elle avec une légère ironie, mais une ironie très douce, presque tremblante !

Le doute continuait, la terreur de la perdre sur un coup de dés.

Je balbutiai au hasard :

« Ne voulez-vous pas que je vous suive *toujours* ?

– Toujours ?

– Oui, pour toute la vie ? »

Elle prit un grave visage : je me sentis évanouir. Mais il n'y avait plus à tergiverser : j'avais jeté les dés !

« Ne voulez-vous pas que je demande à votre père s'il me veut pour fils ? »

Le doute passa sur son visage. Puis, avec une charmante bravoure :

« Oui, demandez-le !

– Sabine, m'écriai-je, avec une joie presque pénible… Puis-je croire que vous m'aimez ?

– Et que pourriez-vous donc croire ? » – fit-elle, avec un peu de l'ironie revenue, de la tendre et bonne ironie.

Silhouette de bonheur, petit matin pluvieux, paradis de marécages ! Doucement j'avais pris la jolie main, doucement je l'avais attirée sur ma bouche.

Et je me sentais le maître du Monde.

III

L'homme-des-eaux

Nous avions, le capitaine, Sabine et moi, quitté nos hommes depuis deux jours. Nous avancions à travers une contrée toujours plus morne – mais cependant d'une ténébreuse et grandiose beauté. Qu'il y eût ou non un passage, la marche devenait à chaque heure plus pénible. Heureusement, nous n'avions amené que le petit cheval de Sabine : nos montures nous eussent été une charge plutôt qu'un secours.

Vers la fin du deuxième jour, la pluie tarit. Nous étions de toutes parts environnés de mares. Nous avancions durement, au long d'une arête surhaussée.

– La nuit arrive ! Encore un effort ! » – dit le capitaine.

La nuit arrivait en effet. Les braises s'éteignaient dans la fournaise couchante. Nous nous dirigeâmes vers ce qui nous parut être un tertre. Je ne sais pas ce qui arriva au cheval de Sabine. Il s'emballa follement, il passa comme l'éclair à la gauche du tertre. Sabine poussa un grand cri. Sa bête venait de se précipiter dans le marécage. Je ne pris pas le temps de réfléchir, je fus en un instant auprès de la jeune fille ; la terre molle m'attira à mon tour. Pendant quelques minutes nous essayâmes de lutter.

« Nos mouvements nous enfoncent davantage ! » – remarqua Sabine.

C'était incontestable. Empêtrés dans des lacis de plantes, nous ne pouvions ni avancer, ni reculer, ni remonter. C'était un de ces pièges où la nature inerte semble aspirer l'être vivant, avec une lente et sûre férocité.

Cependant, le capitaine n'avait pas perdu son sang-froid. Il avançait par une voie détournée, au long d'un frêle promontoire dont la pointe obliquait légèrement vers nous. Il avait déroulé quelques mètres de cordelle qu'il portait toujours sur lui, il s'apprêtait à nous en jeter un bout. Tout notre espoir était en lui, nous le regardions avec angoisse. Brusquement, il glissa, il trébucha, il voulut reculer. Le sol du promontoire, fait sans doute, à l'endroit où il était parvenu, de quelque encroûtement végétal, s'effondra dans l'eau verte. Devreuse étendit le bras et s'accrocha au hasard. Mais sa main ne rencontra qu'un appui illusoire : sa situation était devenue identique à la nôtre !

Et la nuit était venue ! On ne distinguait plus que des formes vagues. Les bêtes soupiraient ou se lamentaient dans les pénombres de la vaste solitude. Les follets rôdaient sur l'étendue… Nous étions prisonniers de la vase ! Chaque geste nous engloutirait davantage, chaque minute marquerait une étape de notre affreuse agonie. La lune fuligineuse et molle vint entre des strates nuageuses. Elle se posa immense sur un rideau lointain de peupliers, légèrement écornée déjà par le décours. Le cheval de Sabine enfonçait jusqu'à la croupe ; elle me regardait avec un commencement de désespoir :

« Robert, nous sommes perdus ! »

J'essayais de saisir autour de moi quelque soutien ; mais tout cédait, toute tentative hâtait l'heure…

« Eh bien ! – s'écria le capitaine – si rien ne vient à notre aide… et je ne vois pas ce qui pourrait venir… nous sommes en effet perdus, mes pauvres enfants ! »

Sa voix si dure avait une inflexion de tendresse : elle me fit d'autant plus mal. Les yeux de Sabine se dilataient d'horreur. Elle nous regardait alternativement, et tous trois nous nous abandonnions à cette hideur où le combat est refusé, où l'élément vous dévore, enlevant à chaque minute un peu de votre force.

« Mon Dieu ! » – soupira Sabine.

La lune, chassant ses fumées, resplendit sur la lagune. Des étoiles vinrent sur le Sud, solitaires, comme un petit archipel au sein d'un océan. Le vent rasa lentement le marécage, avec une douceur lourde et toxique.

La boue me venait aux épaules, une demi-heure encore et je disparaissais. Sabine étendit la main pour me retenir.

– Mourons ensemble, cher Robert. »

Douce fille, sois bénie dans la mort !

Soudain une mélodie confuse courut sur les algues, je ne sais quelle musique étrangère, musique d'aucun temps, d'aucun lieu – des intervalles *inappréciables* pour nos grossiers organes et pourtant *perceptibles*. Je regardai. La lune roulait dans une citerne claire, les rais tombaient lucides. Je vis une fine silhouette humaine, debout sur une langue de terre, espèce d'îlot allongé en esquif. Ses doigts maniaient un objet menu, dont je ne discernais pas exactement la forme…

Et nous vîmes une scène extraordinaire.

Des salamandres géantes grimpaient sur l'îlot et se rassemblaient autour de l'homme et des tritons, des protées, des serpents d'eau.

Des chauves-souris voletaient autour de sa tête, des grèbes sautelaient sur un rythme. Il accourut encore des formes vagues, puis des rats, des poules d'eau, des chats-huants. L'homme continua sa musique bizarre, une grande douceur se dégageait de la scène, un sentiment de fraternité panthéistique que je sentis bien, malgré l'horreur de notre position.

Nous poussâmes un cri de détresse. L'homme se tourna vers nous et s'interrompit. Quand il eut vu notre position, il bondit de son îlot, il disparut parmi les algues. L'angoisse et l'espérance, aussi entremêlées que des lianes, nous tenaient immobiles. Tout à coup, l'homme reparut proche, et sans une parole, il se jeta vers nous. Nous ne pûmes nous rendre compte de ses mouvements, mais je me sentis saisi et entraîné en même temps que Sabine. Quelques instants plus tard nous pûmes marcher sur une boue moins perfide, et finalement atterrir. Devreuse nous rejoignit après quelques minutes, et l'homme nous regardait d'un air tranquille. Il avait une chevelure maigre, pareille à des lichens barbus. Point de poils sur le corps ni sur le visage, et, malgré cette boue où il avait plongé, la peau nette, un peu reluisante, un peu huileuse même. Il était presque nu, n'ayant qu'un court vêtement de fibres au bas de la ceinture.

Devreuse le remercia en divers dialectes. L'homme écouta doucement et secoua la tête. Évidemment, il ne comprenait pas. Dans la joie du sauvetage, nous lui prîmes les mains avec ardeur. Il sourit, parla confusément : ce n'était pas une voix humaine, mais je ne sais quelle syllabation gutturale d'amphibie.

Cependant il nous voyait grelotter. Il nous fit signe de le suivre. Nous passâmes au long d'une mince chaussée naturelle, ferme et dure. Elle s'élargit, elle s'éleva, si bien que nous atteignîmes une manière de plateforme au milieu des eaux. Là, l'homme nous fit signe d'arrêter, et de nouveau il disparut.

« Nous abandonnerait-il ? – demanda anxieusement Sabine.

– N'importe, nous sommes sauvés.

– Et si étrangement ! »

La lune était haute, presque blanche, éclatante. À perte de vue s'étendaient les marécages, le pays des Eaux-Tristes. Je rêvais à des choses nombreuses, dans une espèce d'hallucination, lorsque je vis la silhouette de l'homme revenir, et, avec lui, le cheval de Sabine :

« Mon pauvre Geo ! » – s'exclama-t-elle avec des larmes d'attendrissement.

L'homme rapportait en outre des plantes, du bois, des œufs.

Il nous tendit les œufs, quelques poignées d'une noix comestible. En même temps, il tassait des brassées de bois et de tigelles sèches, et nous alluma du feu.

Cela fait, il sourit lentement, puis, bondissant du haut de la plate-forme, il redisparut encore sous les flots, profonds en cet endroit. Nous restâmes à examiner l'endroit où il avait plongé : nous ne vîmes rien.

Ne sachant qu'imaginer, nous nous regardions avec stupeur :

« Quel est le sens de ceci ? » – criai-je.

Devreuse répondit d'un air pensif :

« C'est à coup sûr la chose la plus incroyable de mes quinze ans de voyage. Mais ce qui doit arriver arrive, soupons ! »

Nous soupâmes de bon appétit, nous séchâmes nos vêtements au feu rouge. Le soir était tiède, secourable, nous dormîmes. Mais vers le milieu de la nuit, je m'éveillai : la bizarre musique de notre sauveur résonnait, très loin, sur le silencieux marécage. Le musicien était invisible.

Alors, il me parut être entré dans une vie neuve, une réalité plus féerique que les plus féeriques légendes.

Nous nous éveillâmes à l'aurore, ayant bien dormi.

« Capitaine ! » – m'écriai-je.

Je lui montrais nos vêtements nettoyés, parfaitement secs.

« C'est notre homme de l'eau ! – répartit Sabine. – Je commence à croire que c'est quelque faune bienfaisant. »

Il restait des noix et des œufs dont nous fîmes un bon déjeuner. Le soleil montait avec douceur, rafraîchi de légers nuages. La sombre merveille du marécage nous tint rêveurs. Des hérons passèrent, puis une bande de sarcelles. Réconfortés et bien portants, nous ne laissions pas que d'éprouver quelque inquiétude. Soudain, Sabine poussa un léger cri :

« Regardez. »

Quelque chose flottante avançait vers notre abri : bientôt nous reconnûmes une manière de radeau. Il semblait avancer seul parmi les algues, et ce mouvement *vivant* d'un objet inerte nous causait du trouble. Mais une tête apparut, puis un corps jaillissant de l'onde verte ; nous reconnûmes notre bizarre providence. À nos gestes de bienvenue, l'Homme-des-Eaux répondit avec une non équivoque cordialité. Son apparence nous étonna davantage encore que dans le clair de lune : il avait la peau verte comme les jeunes pousses d'herbe, les lèvres violettes, les yeux étrangement arrondis, presque sans sclérotique, avec l'iris couleur d'escarboucle, la prunelle creuse et très grande.

Avec cela, une grâce particulière, une grande fraîcheur de jeunesse. Je l'examinai longuement et surtout ses yeux singuliers, dont je n'avais aperçu l'analogue chez aucune créature humaine.

Il nous fit signe d'entrer dans le radeau, après avoir attaché Geo à l'arrière. Nous obéîmes, non sans une légère méfiance qui s'accentua quand nous le vîmes redisparaître sous l'eau et que le radeau se remit en marche de la façon singulière dont il était venu.

Sous l'eau épaisse, fangeuse, encombrée de végétations fiévreuses, nous pouvions entrevoir notre conducteur, et pendant vingt minutes nous voguâmes sans qu'il eût une seule fois émergé. Nous allions d'une bonne vitesse. Notre abri de la nuit dernière était loin. Le paysage commençait à changer. L'eau était plus fraîche ; nous frôlâmes de petites îles délicieuses.

La tête de l'Homme-des-Eaux reparut : il nous montra le Sud et replongea. Un air plus pur vint dans la brise. Bientôt le marécage se rétrécit, nous franchîmes une espèce de détroit peu profond. Puis nous nous trouvâmes dans des eaux nouvelles, des eaux de lac, belles, fraîches, où courait une atmosphère agile...

IV

Le lac Nymphée

Le lac tout semé d'îles, enchanté par de grands nymphaeas pâles dans leurs anses plantées d'une végétation infinie de fleurs, d'herbes, de buissons et de grands arbres, le lac s'allongeait à des lieues. Nous nous dirigions vers une des îles. Notre défiance était partie comme était parti l'air lourd et somnolent, l'air morbide du marécage. Nous respirions à pleins poumons la santé, à pleine âme l'espérance et la poésie lacustre.

Le radeau s'arrêta à la pointe d'un promontoire. L'Homme-des-Eaux sortit et nous fit signe de le suivre. Et nous nous trouvâmes devant le plus extraordinaire spectacle. Sur une berge de l'île, une trentaine d'êtres humains étaient réunis, vieux et jeunes, hommes et femmes, jeunes filles, enfants : tous avaient le teint vert, la peau lisse, les yeux d'escarboucle, aux grandes prunelles aplanies, les cheveux pareils à des lichens barbus, les lèvres violettes.

À notre vue, les enfants accoururent, et les adolescents, les adolescentes, un grand vieillard. Ils se pressaient autour de nous avec des exclamations de batraciens, ils montraient une grande vivacité rieuse.

Tandis que nous nous tenions là, d'autres Hommes–des–Eaux surgirent du lac et vinrent sur la berge. Bientôt nous nous trouvâmes entourés de cette population aquatique, non seulement bien humaine, mais plus proche, comme traits généraux, de la race blanche que des autres races terrestres. Leur couleur verte et la mouillure huileuse de la peau n'étaient pas même désagréables à contempler. Chez les jeunes, c'était un joli vert pâle, léger comme celui des végétations claires du printemps ; chez les vieux, c'était souvent le vert de velours des mousses ou des feuilles de lotus. Quelques jeunes filles présentaient une sveltesse de corps, un effilement des extrémités, une finesse de traits qui les rendaient véritablement séduisantes.

Je tenterais en vain de dire notre émerveillement. Ce que nous ressentîmes ne peut être pressenti que par ces rêves où l'âme entrevoit la jeunesse du monde, les temps divins des genèses. Pour le capitaine et moi, il s'y joignait un orgueil de savants : quelle découverte comparable à celle-ci ?

N'était-ce pas, réalisée, et sans l'appareil mythique des ancêtres, sans les monstruosités de l'homme-bête ou de l'homme-poisson, une des plus attrayantes traditions de tous les peuples ? Une fois de plus, ne vérifiions-nous pas que les légendes ont constamment une origine de vérité ? De même que le gorille, l'orang-outang et le chimpanzé avaient justifié la fiction des faunes et des satyres, les relations de Ctésias sur les Calystriens, le passage du Périple d'Hannon sur les hommes velus du Golfe de la Corne du Sud, de même ne voyions-nous pas se réaliser l'immense cycle légendaire des Hommes-des-Eaux ? Encore notre découverte était-elle plus passionnante, les hommes que nous avions sous les yeux étant de vrais hommes, et non des anthropoïdes.

Le premier étonnement passé, il ne demeura en moi qu'une espèce d'ivresse mystique que je voyais partagée par Sabine et par Devreuse.

Notre sauveur nous entraîna vers un bosquet de frênes. Nous y trouvâmes un abri. Des oiseaux aquatiques rôdaient autour : canards, cygnes, poules d'eau – évidemment domestiqués. On nous apporta des œufs frais, une perche rôtie. Après le repas, nous retournâmes sur la berge.

Le temps était tiède. Nous suivîmes toute l'après-midi les allées et venues des Hommes-des-Eaux. Ils filaient comme de grands batraciens, plongeaient, disparaissaient. Puis une tête émergeait, un corps bondissait sur l'île.

Ému du bonheur de leur double vie, je continuais à les examiner avec une curiosité dévorante, tâchant de découvrir quelque organe d'adaptation qui leur permît de séjourner si longtemps sous l'eau ; mais, sauf une grande capacité thoracique, je ne trouvais aucun indice qui pût m'éclairer sur ce point.

Cette après-midi, nous ne demeurâmes jamais seuls. Un groupe constant nous entourait, s'exerçant à nous adresser la parole, nous témoignant une innocente bienveillance.

Malgré la séduction et la merveille de ces êtres étranges, nous nous proposions de partir dès le lendemain, comptant d'ailleurs revenir au plus vite, après avoir pris des dispositions avec nos hommes. Le capitaine, devant l'intérêt supérieur de la découverte, renonçait à son fameux passage vers le Sud-Ouest.

Le sort modifia nos projets. Dans la nuit, je fus éveillé par Devreuse :

« Sabine est malade ! »

Je me levai en sursaut. À la pâle clarté d'une torche de frêne, je vis l'aimée qui s'agitait dans la fièvre.

Saisi, je l'examinai, je l'auscultai : je me rassurais à mesure.

« Est-ce grave ? – demanda le père.

– Quelques jours de tranquillité absolue la remettront.

– *Combien de jours ?*

– Dix jours !

– C'est le moins ?

– Le moins ! »

Il fit une moue d'impuissance, il me regarda dans la pénombre :

« Robert, je puis vous confier votre fiancée… Il n'est pas possible que je n'aille pas m'entendre avec les hommes, pour qu'ils prolongent leur halte pendant une couple de mois… Je serai de retour ici à la fin de la semaine. »

Il parlait avec agitation, allant de-ci de-là :

« D'ailleurs, si les semaines que je compte passer parmi ces êtres extraordinaires ne suffisaient pas, il est infaillible que nous organisions un nouveau voyage… Nous avons le temps… Je démissionnerai s'il le faut, de manière à disposer de plusieurs années… Raison de plus pour que je n'abandonne pas mes hommes !

– Mais, – répliquai-je, – c'est à moi de les aller avertir.

– Non ! Vos soins sont indispensables à Sabine… Moi, je ne lui serais pas de plus de secours qu'une souche. »

Il me mit les mains sur les épaules :

« N'est-ce pas, Robert ?

– Je vous obéirai ! » – dis-je.

Sabine, quoiqu'elle eût un peu de délire, nous avait très bien compris. Elle se souleva sur le coude :

« Je serai assez forte pour te suivre, père !

– Petite fille, – répliqua Devreuse avec autorité, obéis au médecin. Avant six jours je serai revenu et j'aurai accompli mon devoir. Est-ce toi qui prétendrais m'en empêcher ? »

Sabine ne répliqua rien, subjuguée ; nous demeurâmes quelque temps taciturnes. La fièvre recommença d'agiter la jeune fille ; puis elle tomba dans un demi-sommeil. Je l'épiais à la pauvre lueur de notre torche. Des pressentiments indéfinissables passèrent. La voix du capitaine vint me tirer de ma rêverie :

« Vous êtes bien sûr que ce n'est pas dangereux ?

– En médecine on n'est jamais sûr !

– Mais autant qu'on peut l'être ?

– Autant que je puis en juger, Mlle Sabine sera rétablie dans la quinzaine…

– Je partirai donc tantôt… »

Je sentis bien que sa résolution était prise, je n'essayai plus de le dissuader. Il partit au matin, comme il l'avait annoncé.

Le mal était encore moins grave que je ne l'avais imaginé. Au bout de trois jours Sabine était en convalescence et pouvait se lever pendant quelques heures. Le temps restait charmant. Une mouvante beauté s'épandait sur l'île et le lac. Nos hôtes lacustres étaient pleins de bonne volonté, de gentillesse, de sympathie.

La semaine passa. La jeune fille était presque entièrement rétablie ; mais une grande inquiétude naquit : le capitaine ne revenait pas. Une après-midi, assis sur la berge, je consolais Sabine de mon mieux, sans parvenir à calmer ses inquiétudes.

« J'ai peur ! » – répétait-elle.

Je ne savais plus que lui dire, lorsque nous vîmes une ombre s'allonger près de nous. En me retournant, je vis que c'était celui des Hommes-des-Eaux qui nous avait sauvés, et avec qui nous avions des relations plus particulièrement amicales. Il sourit, nous montra une grande hirondelle cendrée, spéciale à ces régions et très familière. Quand il fut proche, il me tendit l'oiseau.

« Qu'est-ce ? » demanda Sabine.

Je m'avisai bientôt d'un petit tuyau de plume fixé sous le ventre pâle, et que je détachai. Il contenait un fin fragment de papier pelure :

« Une lettre de votre père ! »

Il n'y avait que ces mots :

« *Arrivé port. Jambe démise dans une « chute. Rien de grave. Mais je suis retardé. « N'ayez aucune inquiétude et surtout attendez-moi. Ne quittez pas l'île.* »

Sabine éclata en larmes. Pour moi, je m'étonnai que le capitaine eût songé à emporter ce petit messager. Un sourire de l'Homme-des-Eaux me fit soupçonner que l'idée ne venait pas de Devreuse. Ma compagne continuait à se désoler.

« Sabine ! chuchotai-je avec douceur, – ce n'est pas dangereux… une jambe démise, il n'y paraîtra plus dans quelques semaines…

– Vous en êtes sûr ?…

– Absolument… »

L'Homme des-Eaux avait disparu. Sabine, morne, ne pleurait plus. Il régnait un vaste silence. Je passai mon bras autour du col gracile. La tête blonde reposait sur mes bras, mes yeux se réfléchissaient dans les yeux de lumière. Hélas ! à travers les vicissitudes, jamais je n'avais été plus heureux.

Elle était faible, lasse. Elle ne demandait que de croire. Le ciel pur, les ombres tremblantes l'enveloppaient de divinité... Oh ! puissance mystérieuse qui as créé l'Amour vainqueur de la Mort !

V

Les habitants du lac

Les jours passèrent.

Nous nous attachions de plus en plus à ce lac merveilleux, nous y allions visiter les îles en compagnie de nos amis aquatiques. Des troupes de jeunes hommes et de jeunes femmes poussaient notre radeau en se jouant, nageaient tout autour dans l'eau très transparente. Nous prenions du repos aux berges fraîches, sous de frêles saules ou de hauts peupliers.

Mais de cette vie délicieuse, le charme supérieur était nos hôtes mêmes, que nous commencions à connaître, avec qui nous échangions trois ou quatre paroles. Toutefois, c'est eux qui apprenaient notre langue, nos oreilles demeurant impuissantes à analyser les sons dont ils communiquaient entre eux.

Leurs mœurs étaient simples et faciles. La notion de famille leur était parfaitement étrangère. Je crois que toute la population du lac montait à douze cents personnes environ. Hommes et femmes élevaient indifféremment les enfants : nous n'en vîmes négliger aucun.

Leurs habitations étaient de bois, recouvertes de mousses et de branchages, creusées de fenêtres. Elles ne servaient guère durant la belle saison et devaient être plutôt des abris pour hiberner. Leur cuisine se faisait en plein air et ne consistait qu'en cuisson de poissons, d'œufs, de champignons et de quelques légumes sauvages. Ils ne mangeaient pas leurs oiseaux domestiques ni aucun animal à sang chaud. Nous comprîmes qu'ils répugneraient à nous en voir nourrir ; nous nous contentâmes de leur régime. Notre santé s'en trouva très bien ;

Ils avaient quelques armes, entre autres une manière de harpon hélicoïde, qu'ils pouvaient lancer sur l'eau, non seulement en ligne droite, mais encore en série de courbes, et faire revenir à eux comme le boomerang des Australiens. Ils s'en servaient pour capter les gros poissons. Il faut dire ici que les poissons du lac étaient les plus rusés que j'aie vus, – sans doute à cause même de la présence d'un homme-marin qui, de génération en génération, les avait accoutumés à une défense plus subtile qu'ils n'en ont ailleurs coutume. Nos hôtes en avaient aussi apprivoisés beaucoup : ils ne touchaient pas à ceux-là, ils ne consommaient que leurs œufs. En revanche, ils étaient âpres à la chasse aux brochets et aux perches.

Leur industrie n'était pas complexe, encore qu'ils connussent le métier du potier et les éléments de ceux du menuisier et du charpentier. Ils n'usaient point de métaux, mais d'une sorte de néphrite fort dure, dont ils faisaient leurs harpons, leurs scies, leurs haches, leurs couteaux.

Somme toute, la simplicité de leurs besoins matériels ne les portait guère à l'industrie. Leur vie était plus poétique que pratique. Jamais je ne vis créatures plus débarrassées qu'eux de tous soucis d'accaparement ou de propriété. Ils semblaient n'avoir retenu que les éléments de bonheur, écarté toute vaine souffrance. Non d'ailleurs qu'ils fussent indolents, – ils adoraient l'exercice, les voyages aquatiques, jusqu'à l'épuisement, – ils étaient sans cesse en mouvement comme les cétacés. À l'encontre des sauvages, qui passent des chasses forcenées aux longs jours d'assoupissement, ceux-ci se remuaient inlassablement.

Mais cette prodigieuse action n'avait aucun but productif. C'était *leur rêve*. Ils nageaient, voguaient, bondissaient, comme d'autres se reposent. À part quelques chasses sous l'eau – et uniquement contre les poissons carnivores, ils *bougeaient pour bouger*.

Je leur vis résoudre d'extraordinaires problèmes de mouvement, une variété d'attitudes et de lignes auprès desquelles la souplesse de l'hirondelle ou du saumon est grossière. Leurs jeux n'étaient qu'un continuel déploiement d'art, des nages-danses, des ballets complexes et suggestifs.

À les voir se croiser, se tourner, décrire des hélices les uns autour des autres, se précipiter à vingt ou à trente dans des tourbillons, on sentait chez eux un sens de *pensée* dynamique, de pensée *musculaire*, inconnu chez les autres humains.

Surtout ils étaient admirables dans le clair de lune. J'ai assisté à des fêtes sous l'eau, si belles, si douces, si rêveuses, faites d'évolutions si variées, que rien ne s'y peut comparer en ce monde.

Ces fêtes s'accompagnaient, lorsqu'ils étaient en nombre, d'un phénomène étrange et délicieux. L'eau, rythmée par leur ballet, élevait peu à peu une voix euphonique. Cette voix, partie d'une mélopée indicible, une confidence de murmures, un chuchotement d'harmonie, s'enflait lentement, ineffablement. L'Élément tremblait et chantait, l'élément envoyait un grand hymne humide – ô douceur intraduisible, ô voix pénétrante du prodige ! – qui nous faisait venir des larmes d'exaltation.

Encore, je rêvais à la Légende, à cette victorieuse voix des Sirènes que les navigateurs antiques crurent ouïr sur les flots. N'était-ce pas elle que nous entendions dans la nuit argentée, mais si bonne, si fraternelle ! Et combien supérieure au mythe, car c'est l'Eau même, c'est le Lac qui chante, – c'est la grande rumeur des vagues soumise au rythme par les Hommes-des-Eaux – comme y pourrait être soumise la rumeur du Vent sur les Forêts.

La pensée par le mouvement n'était pas uniquement, chez nos hôtes, générale et poétique. Elle devenait souvent particulière : j'entends qu'elle servait à exprimer des notions *précises*. J'ai pu épier, par exemple, dans quelques cas, de véritables dialogues en action, dont je finissais par saisir quelque vague linéament, insuffisant sans doute pour me faire suivre la pensée des nageurs, mais très suffisant pour me faire saisir que c'était une *causerie* que je voyais. Dans des leçons aquatiques aux enfants, auxquelles j'eus la joie d'assister, je me confirmai dans ma conviction : ceux qui enseignaient les enfants exprimaient leur approbation ou leur désapprobation par des inflexions de nage, dont, en fin de compte, j'en distinguai deux au moins : par l'un on arrêtait net la leçon, par l'autre on la modifiait.

L'amour y trouvait naturellement son expression. Les Hommes-des-Eaux savaient déployer un art de tendresse, de supplication, de fierté, variable d'individu à individu, art plus imprévu que leur art collectif, art très subtil, très délicat et peut-être supérieur à nos idylles *causantes*.

Ils ne semblaient pas avoir l'esprit métaphysique – peu enclins à l'abstraction. Je ne vis nulle trace de culte, de croyance surnaturelle, mais un vif amour de la nature. J'ai parlé de leur douceur envers les oiseaux et les mammifères et aussi envers les poissons domestiques. Cette douceur les mettait en communication intime avec les êtres. Ils savaient s'en faire comprendre à un degré admirable. J'ai vu donner des ordres à des salamandres, à des chauves-souris, à des oiseaux, à des carpes, des ordres dont l'idée seule nous paraîtrait chimérique, par exemple d'aller en quelque place désignée, quelque île, quelque district du lac. Des cygnes ont fait, sur ordre, des trajets de plusieurs lieues. Des chauves-souris ne chassaient plus pendant quelques jours. Des carpes cessaient temporairement de s'abriter dans une retraite favorite.

La scène qui se passa lors de notre première rencontre avec l'Homme-des-Eaux se renouvela souvent, depuis, sous mes yeux. À l'aide d'un roseau, entaillé de rainures plus ou moins larges et profondes, et par le frottement d'un crochet de pierre, quelque musicien produisait ces notes si finement intervallées. Les sons rassemblaient les bêtes et les tenaient sous le charme : reptiles, oiseaux, poissons, venaient les écouter, et les bêtes de proie accordaient une trêve à leurs victimes.

Que de fois ces scènes nous enchantèrent, que d'heures claires à voir tel musicien ou musicienne renouveler les fables antiques, et avec un instrument si rudimentaire ! Que d'extraordinaire félicité dans tous les jeux, dans toute la vie de ces populations amphibies !

J'ai dit que les mœurs étaient libres. Avec une réserve pourtant : l'union durait un mois lunaire. Généralement, la lune nouvelle coïncidait avec la période du choix. Jeunes gens et jeunes filles s'appariaient alors, jusqu'à la fin des phases. C'était tout de même une sorte de mariage, un mariage ensemble physiologique et astronomique, d'autant que les jeunes filles étaient parfaitement accordées avec l'astre .

Ces mœurs ne suscitaient aucun désordre. Elles s'accompagnaient d'une grande loyauté. Nous ne vîmes ombre de dispute, moins encore de combat, entre nos hôtes mâles. Le choix fait, chacun s'y tenait jusqu'au décours de la lunaison ; chacun le refaisait jusqu'à la lunaison prochaine. Il n'était pas interdit de continuer le mariage par un nouveau bail, mais il était rare qu'on le fît. Plutôt s'y reprenait-on quelques mois plus tard. Pour les enfants, ils appartenaient pendant quelques mois à la mère, mais la communauté entière veillait à leur bien-être.

Relativement à un organe d'adaptation qui pût expliquer leur long séjour sous l'eau, je n'ai pu décidément en trouver aucune trace. Le temps qu'un Homme-des-Eaux peut plonger sans reparaître à la surface est parfois de plus d'une demi-heure. Si vous ajoutez à cela une vitesse de nage qui atteint de trente à quarante-cinq kilomètres par heure, vous verrez qu'ils peuvent rivaliser avec les cétacés. Ils ont une véritable supériorité sur ces derniers, dans leur œil, qui est admirablement adapté à la vision aquatique. C'est ce que la simple inspection de cet organe pouvait déjà faire prévoir : leurs immenses prunelles planes sont aussi favorables à la vue dans l'eau que les yeux du faucon à la vue aérienne. *A posteriori*, la supériorité de cet organe est surabondamment démontrée par la subtilité de leurs évolutions : ils accomplissent en troupe des merveilles de précision, ils calculent, à une ligne près, des élans qui mal exécutés se termineraient par des chocs terribles. Dans leurs chasses-pêches, ils perçoivent le menu poisson à des centaines de mètres.

Sur terre, leur vue est trouble, à la façon de celle des presbytes : ils distinguent confusément en deçà de dix mètres ; en revanche, ils voient assez bien dans le lointain.

Leur ouïe aussi est sensiblement différente de la nôtre. J'ai parlé de leur musique intervallée par de véritables *commas*, de leur bizarre articulation de parole. C'est, je crois, que, tout comme leur œil, leur oreille est plutôt adaptée à la vie aquatique qu'à la vie aérienne. On sait que la vitesse du son est plus que quadruple dans l'eau que dans l'air, ce qui crée nécessairement de sérieuses divergences entre une ouïe développée en milieu aquatique et une ouïe aérienne. On répondra que la vraie divergence est que les habitants de l'eau sont le plus souvent muets ; que l'ouïe s'est développée avec la raréfaction de l'air. Je n'ai pas à discuter ici ce problème : *l'expérience* est de mon côté, en ce qui concerne les Hommes-des-Eaux, et prime toute théorie. Je me bornerai à dire que, une fois *née*, l'ouïe a pu recevoir des modifications dues aux milieux mêmes qui avaient retardé sa naissance. C'est ainsi que si une atmosphère très dense a pu s'opposer à la production d'un organe d'audition, il n'est pas prouvé que l'organe, *déjà venu, ne* serait pas capable de se développer tout de même, si l'animal était amené à revivre dans une atmosphère dense. Au surplus, le fait que l'ouïe a crû sur la terre dans les conditions précitées ne démontre pas péremptoirement qu'elle n'eût pas crû autrement : il n'y eût fallu sans doute que quelques millions d'années de plus. Et enfin et surtout, les affirmations actuelles de la science à ce sujet ne sont peut-être pas plus définitives que telle assertion de nos devanciers immédiats, comme par exemple celle (bien importante cependant) qui attribuait le vaste développement des reptiles de l'âge secondaire à la présence de grandes quantités d'acide carbonique : on sait qu'aujourd'hui on l'attribue au contraire à un excès de pression et d'oxygène.

VI

L'attaque

Un matin, nous voguions mollement, Sabine et moi, sur le lac. Notre ami nous avait d'abord suivis dans notre paresseuse promenade. Il allait, revenait par des sauts imprévus, entraînait quelque temps notre radeau. Nous fîmes halte à l'ombre d'un bouquet de frênes, sur un îlot.

Des nymphaeas songeaient neigeusement sur leurs feuilles assombries. L'humble renoncule d'eau se levait entre de fins archipels d'algues. Les sagittaires déployaient leur fine pâleur, aux reflets adoucis comme les nimbus à l'aube. Et les poissons aigus, émergeant par cohortes, s'élançaient à la joie. Plantes et bêtes glorifiaient le jour ; l'heure sonnait aux carillons de l'ombre, aux rides de l'eau, aux balancements du roseau. Les tièdes caresses se cherchaient dans les impondérables nues de pollen, dans la fleur venue tendrement des profondeurs vers une fleur aimée. Le monde des Eaux, père de la vie, ancêtre fécond, multipliait son intarissable magie.

Le regard de Sabine était imprégné de la fraîcheur du lac, de la palpitation du jour. Ému, je tremblais en la regardant. Éternel Éden de la nature autour de la jeunesse amoureuse !

Je me souviens du passage d'un rayon sur elle, à travers la trouée du feuillage. Elle était debout, ses cils abaissés vers moi. Le rayon se mit à trembler sur sa chevelure, dans un frôlis de feuilles. Un rameau tomba ; un insecte brillant erra sur son col. Et le bonheur semblait posé sur l'eau bleuissante, sur le bord nacré des pétales. Je la pris contre mon cœur ; une douceur périlleuse nous commandait :

– Toujours ! murmurai-je.

Puis, j'eus peur, je m'écartai d'elle ; nous n'osions plus nous parler ; une menace trop charmante rôdait autour de nous ; l'accent des feuilles, le frou-frou d'un passereau, le susurrement des insectes, semblèrent des soupirs de l'au-delà… Une rumeur vint nous tirer de cette extase.

C'était à notre gauche, vers une île de peupliers : une trentaine d'êtres humains s'y agitaient. D'autres bientôt les joignirent, qui sortaient du lac.

« Des Hommes-des-Eaux, dis-je.

– Mais vois… ils sont autres que ceux que nous connaissons ! »

Effectivement, ceux-ci étaient d'une couleur foncée, une espèce de bleu noir. Sabine se pressa vers moi avec un mouvement de crainte :

« Retournons chez nos amis !

– Je le veux bien, » dis-je.

Je me disposais à démarrer, lorsqu'un bouillonnement violent souleva notre radeau : une demi-douzaine d'hommes émergèrent proche l'îlot.

Comme nos hôtes, ils avaient les yeux bizarrement ronds, sans presque de sclérotique, les prunelles quasi creuses. Mais leur teint et leur chevelure étaient fort différents, et aussi leur attitude.

Ils nous observèrent à distance ; l'un d'eux, jeune homme athlétique, ne cessait de contempler Sabine. Armés de harpons, ils semblaient redoutables. Je frémis en les voyant approcher davantage, Sabine devint très pâle.

Tout à coup, celui qui contemplait Sabine parla, de la voix humide, clapotante, de sa race. J'eus un geste d'ignorance ; ils firent entendre un cri de menace, ils agitèrent leurs harpons. La situation devenait critique ; j'avais bien ma carabine, que je tenais prête, mais, les deux coups tirés, comment nous défendre contre ces êtres familiers avec un élément où ils pouvaient se dérober ? D'ailleurs, en supposant que je pusse tenir tête, n'y avait-il pas, à une centaine de mètres, une multitude prête à les aider ?

Tandis que je réfléchissais au péril, le jeune athlète s'était remis à parler ; du geste il semblait exiger une réponse. Alors, j'élevai la voix. Ils furent frappés de stupeur. Arrêtés un instant, en conciliabule, leurs harpons se relevèrent, leur cri s'éleva plus menaçant. Il devint évident qu'ils s'apprêtaient à m'attaquer. J'armai ma carabine : il régna un moment d'horrible silence… Je nous crus perdus, je me préparai à mourir courageusement…

Un cri s'éleva au large. Mes antagonistes se retournèrent, je ne pus retenir une exclamation joyeuse. Une troupe de nos hôtes nageait vers l'îlot. — Notre ami, en tête, faisait des signes aux agresseurs. À ces signes, les harpons étaient retombés ; bientôt Sabine et moi nous nous retrouvâmes au milieu de nos amis.

Nous assistâmes alors à une espèce de cérémonie où nos Hommes-des-Eaux faisaient accueil aux autres. De l'île des peupliers la horde sombre accourut entière. On échangea des présents ; les bras s'entrelacèrent singulièrement : il me parut discerner quelque fausseté dans les démonstrations des deux races, surtout du côté des Sombres.

Le jeune athlète continuait de regarder Sabine à distance, d'une manière qui me fâchait extrêmement.

Nos hôtes nous avaient reconduits à notre île. Notre soulagement fut grand de nous retrouver à l'abri. Toutefois, une inquiétude subtile nous hantait. Je crus remarquer qu'elle était partagée. Notre sauveur surtout était ému. Il ne nous quittait plus. Il nous montrait un dévouement admirable et, l'affection appelant l'affection, je me prenais à l'aimer fraternellement.

L'après-midi se passa sans encombre.

Une heure avant le crépuscule, une députation d'Hommes-des-Eaux sombres se présenta à l'île : parmi ces personnages je reconnus le jeune athlète. Il semblait agir comme un chef. Les nôtres reçurent la députation avec honneur, offrant des cadeaux, et il y eut une ronde aquatique où les Clairs et les Sombres se distinguèrent à l'envi.

Je me tenais à l'écart, avec Sabine et notre ami. Nous observions tout, à travers les ramures surbaissées d'un frêne. Malgré notre inquiétude, la fête ne laissait pas de nous intéresser. Au moment le plus animé, tout soudain deux hommes émergèrent, non loin de notre retraite. Nous aperçurent-ils ? Avaient-ils épié auparavant ? Je ne sais, mais ils s'avancèrent sur nous. C'était encore le jeune chef. Seulement, il avait un visage souriant, amical, des gestes pleins de douceur.

Il dit quelques mots à notre compagnon, puis, s'éloignant, il regarda Sabine. L'expression de son regard, avide, équivoque, me fit frissonner.

Ils retournèrent au lac. Alors, notre ami, secouant la tête, laissa nettement paraître son inquiétude. Il me fit signe de veiller sur Sabine, et que lui-même ferait bonne garde.

La nuit fut pénible. Des lueurs couraient sur le lac et parmi les feuillages des îles. On entendait des musiques étranges ; on entrapercevait des troupes sur les eaux.

C'était à la lune décroissante. L'astre se leva, au tiers rongé, vers onze heures du soir. Des nues lui faisaient cortège, une pâle théorie qui parcourait tout le zodiaque. Par instants, la lune passait sa tête jaune dans une fenêtre vaporeuse : alors on apercevait les remous du lac traversé par de grands corps véloces.

Vers une heure, les Sombres vinrent en masse, à moins d'une centaine de mètres de notre île. La lune avait blanchi ; elle surgissait finement sur un promontoire nuageux, elle traçait une route tremblante sur les ondes. Les peupliers étincelaient avec douceur ; tout au fond, un pan de vapeur se défaisait, laissait transsuder une lumière de métamorphose. La lueur parut y tracer une citerne, un cratère blême, net sur les bords, des écharpes de peluche blanche et des perles.

La troupe des hommes poursuivait sa danse aquatique. L'eau se mit à chanter finement, cristallinement. Des voix s'élevèrent en appel ; des jeunes gens de notre île allèrent se joindre à la fête nocturne.

Comme ces scènes m'eussent paru charmantes et passionnantes sans la présence de Sabine ! Quelle joie d'étudier les mœurs de ces êtres demeurés d'une antique race aquatique qui, peut-être, avait dominé sur des continents entiers !

Parfois, je m'abandonnais, je goûtais abondamment la poésie du spectacle. Mais bien vite revenaient mes doutes. Et certes, une défiance apparaissait entre les deux races, née peut-être de luttes anciennes. Leur union semblait plus tactique que profonde.

Brusquement la lune se voila, atteinte par de gros nuages, l'obscurité tomba grandissante. J'eus peur, je me rapprochai de l'abri de ma compagne, je me mis en travers de l'étroite entrée.

Là-bas, la fête cessait. Nos jeunes gens revinrent. Un profond silence pesa sur les eaux.

Je veillais encore. Deux ou trois fois je crus entendre un bruit de pas dans les herbes et je ne m'endormis que vers l'aube.

VII

La disparition

Rien de particulier ne survint durant la fin de la semaine. Chaque jour, les Hommes-des-Eaux noirs venaient en députation vers notre île ; les nôtres leur rendaient visite sur la grande île la plus voisine, où ils avaient établi leur campement. Les jeunes gens des deux races continuaient à organiser des fêtes. L'animation avait grandi ; les nuits se passaient en rondes, en grands ballets aquatiques au clair de la lune décroissante. Le temps demeurait tiède ; une invincible exquisité accompagnait l'appréhension continuelle qui me torturait. Mon sommeil était trouble, traversé de cauchemars. Je m'éveillais en sursaut, les tempes baignées, la bouche fiévreuse.

J'aurais dû me rassurer, cependant, d'abord parce que nous étions bien gardés, ensuite parce que les nouveaux venus semblaient avoir oublié notre présence. Il était très probable que le jeune chef, en supposant qu'il eût eu quelque idée équivoque, l'avait abandonnée avec cette mobilité qui semblait un des caractères de sa race.

J'avais beau me répéter cela, je n'en étais pas plus tranquille. Un pressentiment plus fort que toute raison m'obsédait. D'ailleurs, nos amis montraient toujours une méfiance égale à la mienne, et qui ne contribuait pas peu à m'énerver : ils ne devaient pas, eux, être mus par de simples pressentiments ; – ils avaient sans doute des raisons sérieuses pour se défier !

Un soir, au lever de la lune, les Hommes-des-Eaux noirs vinrent en très grand nombre, – accompagnés de leurs vieillards. Il se fit de solennelles démonstrations, de plus nombreux échanges de cadeaux. Je devinai qu'il s'agissait d'un départ : l'espérance glissa furtive sur mon âme.

Le ciel était pur sur les trois quarts de son pourtour, particulièrement à l'orient. Une lueur jaune errait sur les eaux. Les bêtes amphibies bruissaient sur les feuilles du nénuphar, sur les longs glaives de l'iris. Toute l'humide perspective exhalait une poésie nerveuse. On percevait la fécondité sans bornes, le tendre élan de joie frôlant la pointe des roseaux, l'aile des noctuelles et des chauves-souris, la rêverie des saules. C'était un des jours où la création psalmodie la renaissance éternelle.

Les Hommes-des-Eaux le sentirent ; – leurs adieux furent une fête miraculeuse. Jamais je ne vis, sur le petit cosmos lacustre, un plus adorable ballet, une plus harmonieuse rêverie mouvante. Corps noirs et corps clairs passaient en entrelacs infinis, en arabesques pleines d'un sentiment subtil des courbes, en symphonie de trajectoires. Le jeu des rais lunaires sur tous ces corps émergeant, plongeant aux profondeurs, tournoyant dans des pénombres cristallines, des flaques de nacre et d'aigue-marine, était si doux que j'en oubliais mes angoisses.

Vers une heure, tout cessa. La scène des adieux fut grave : je vis s'éloigner l'escadre vivante.

« Ah ! – dis-je à Sabine, qui avait assisté avec moi à toute cette scène…
– Se pourrait-il qu'ils partent ?

– Je le crois ! » – fit-elle.

Ses yeux craintifs se levaient vers moi, inondés de rayons pâles. Je l'embrassai avec un mélange de fièvre et de délice :

« J'ai eu bien peur ! Pour toi !…

– Pourvu, – dit-elle en soupirant, – que mon père revienne maintenant… je suis si inquiète !…

– Il reviendra ! »

Mais je n'étais toujours pas tranquille. Une peur informe, sans cause, continuait à remuer en moi, et que l'arrivée même de notre ami, nous expliquant par signes que les autres étaient bien partis, ne put dissiper.

Pourtant, vers deux heures du matin, je m'endormis fiévreusement.

Je crois que mon sommeil fut d'abord très lourd, en revanche de mes insomnies des nuits précédentes. Vers le matin, j'eus un cauchemar qui finit par m'éveiller en sursaut. Mon cœur était en tumulte. La terreur régnait sur moi confuse, étouffante :

– Sabine ! m'écriai-je.

Je m'étais levé. Le sang-froid me revint. Je jetai un regard hors de mon abri. L'aube était venue. Les frênes susurraient dans la brise matinale. La lune errait encore près du zénith. Tout respirait la confiance. Les dernières palpitations du cauchemar s'éteignirent. Je restai quelques minutes à contempler la douce incertitude firmamentaire :

– Qu'il ferait bon vivre ici !

Je fis quelques pas vers l'abri de Sabine, et tout à coup la stupeur, l'horreur, l'épouvante : l'abri était vide !

Deuxième partie

I

Poursuite des sombres

Ma fureur éveilla les Hommes-des-Eaux et d'abord notre ami. J'allai vers lui comme la tempête vers les chênes et, dans un délirant désespoir, j'implorais son aide, je lui montrais avec des gestes d'insensé la couche vide de Sabine. Un cercle d'hommes et de femmes se formait autour de moi dans la pâleur de l'aube, et les yeux d'escarboucles, les larges prunelles rigides me regardaient avec une évidente compassion.

Les brumes se levaient au soleil ; l'horizon, sauf vers l'orient et l'occident, devenait d'une clarté précise, et je pus voir, loin dans le nord, une tache imperceptiblement mouvante que je signalai à mon frère des eaux. Il fixa la direction dans sa tête, courut vers le lac et plongea… Je le vis dans les voiles cristallins, tout grossi et déformé par une ondulation légère, la tête tournée vers le nord. Je compris que ses vastes prunelles cueillaient sous l'eau les lents et lointains rayons, et mon impatience se compliquait d'une sensation de prodige. Il reparut enfin. Son cri batracien annonça la nouvelle à ses frères et il disparut vers le nord avec une foudroyante rapidité. Une centaine de ses compagnons, armés de harpons hélicoïdes, se jetèrent dans son sillage.

Le même radeau où, naguère encore, je m'installais avec Sabine dans nos flâneries sur le lac, fut aménagé. J'y pris place, muni de ma carabine et de mon couteau, et, bientôt, je fus entraîné avec une vitesse surprenante, mais pas plus considérable que celle dont l'autre radeau, là-bas, filait, lui aussi, emportant dans l'épouvante ma fiancée.

Toutefois, cette vitesse, le sommeil du vent et de l'eau, apaisèrent un peu mon angoisse. J'examinai la situation avec plus de sang-froid. De tout ce que j'avais vu, tant chez les Hommes-des-Eaux noirs que chez les autres, j'osai conclure avec assez d'assurance que le jeune ravisseur n'userait pas d'abord de sa force. N'avais-je pas assisté à leurs patientes aventures, à leurs longs circuits amoureux, à tout ce que déployait de ruses gracieuses, de douces implorations, l'amant pour obtenir les faveurs de son élue ? Et quelle probabilité que le chef noir en usât autrement avec Sabine ? La singularité même de l'aventure ne devait-elle exciter les tendances de la race qui allaient plutôt au charme qu'à la violence ? Puis, les mœurs ne s'enfreignent pas aisément chez les peuplades primitives. En supposant que sa tribu lui eût octroyé Sabine, encore le jeune chef serait-il probablement obligé de se soumettre aux coutumes. Or, nous n'étions pas à la lune nouvelle, unique période du Choix : près de deux semaines nous en séparaient.

Le combat sous-lacustre

Si nous gagnions sur le radeau poursuivi, c'est ce que je n'aurais pu dire. Je le voyais toujours comme un point noir sur l'horizon, et il était à craindre qu'il ne disparût à la première apparence de brumes. Cela arriva vers midi. Le ciel n'étant pas tout à fait libre, parcouru de larges nues, les vapeurs furent condensées.

Toujours entraîné sans que la vitesse se ralentît, peu à peu je glissais à la rêverie, à la vaine imagination de moyens fantastiques pour reconquérir ma fiancée, quand le cri batracien des Hommes-des-Eaux m'éveilla. Je relevai la tête. Le radeau était à trois cents mètres d'une île basse où des peupliers montaient dans un fourmillement lumineux de leurs feuilles. Entre les troncs espacés, je revoyais le radeau, toujours comme une tache noire, mais plus proche, puisqu'il se montrait malgré la brume. Mon regard, attiré d'abord sur ce point, s'en détourna bientôt aux clapotements d'appel de mon équipe. Tous indiquaient, au-delà de l'île, sur la droite, un massif de grands roseaux autour duquel l'eau s'agitait avec fureur. Le radeau s'immobilisa. Je tenais mon arme, chargée de ses deux coups, et j'attendais l'attaque. Le bouillonnement autour du massif de roseaux se déplaçait, se dirigeait vers nous. Puis, soudain, un calme absolu. Les eaux limpides montrèrent leur fond de hautes plantes comme une forêt submergée, et, sur les arabesques des tiges, les guipures de la feuille, partout descendait la divine lumière, d'iris autour des ombres, en globules de mercure sur les bulles d'air des feuilles. La vase avait une couleur indécise entre le plomb terni de la glaise et l'or du sable. Aux moindres rides, des serviettes d'argent s'y déployaient, d'un bleu bordé d'orange, et ces plissements de la lumière plissaient la forêt immergée comme une étoffe souple.

À part on ne sait quels glissements reptiliens, rien ne décelait les hommes. Ils devaient être enfouis dans la fange, se guettant en une bizarre lutte d'immobilité : l'*ultra*-défiance de leur réciproque adresse et promptitude. Cependant, un petit nuage masqua le déplacement d'un corps. Alors un harpon hélicoïde flotta, traça un lacet, s'abattit, et je vis un cadavre monter vers moi. Je connus ainsi la position des camps adverses. Les clairs se tenaient un peu en avant de mon radeau, les autres plus loin, adossés au massif.

Au trait mortel qui venait de tuer un des nôtres, vingt traits répondirent, et je vis avec une sorte de joie féroce deux cadavres noirs monter vers la surface. Puis le guet reprit ; les nuages de bourbe se dissipèrent, je pus revoir le plomb terni et l'or de la vase, les ombres irisées et les globules de vif-argent, toute la cristallerie tremblante du flot. Je compris alors que l'attaque était aussi dangereuse que la défense, qu'il ne fallait pas négliger un instant de se couvrir. Mais comment cette tactique pourrait-elle se prolonger ? La réflexion que j'en fis m'éclaira. Je perçus que les deux camps, avant de recourir à la bataille, se disputaient une position stratégique et que cette position allait dépendre de la capacité à rester sous l'eau. Ceux à qui faillirait la respiration se verraient obligés de remonter, de se découvrir. J'attendis avec anxiété cette minute critique en tournant parfois les yeux vers le radeau de Sabine, arrêté comme le mien, très loin.

Le massif de roseaux épandait vers l'est et vers l'ouest des éventails de rides fines, mais le champ du combat demeurait à l'abri, si bien que, mon regard plongeant aux frêles végétations, je vis venir parmi les plantes rameuses, parmi les larges feuilles, des milliers de reflets métalliques, comme des louis d'or et des écus à la volée, puis la cristallerie du flot, les serviettes d'argent, les globules de mercure, tout chancela, vacilla, des bandes innombrables de poissons envahirent le champ de bataille, et je distinguai une musique lointaine à laquelle une autre musique, bientôt, répondit.

Je pense que les Sombres s'efforçaient de mettre ce rempart vivant entre eux et les Clairs, avec l'intention de respirer à son abri. Pour quelque motif, la vie des poissons semblait sacrée : pacte, loi de guerre ou simple respect de la bête qui se donne volontairement et que la violence rendrait réfractaire ?

Ce fut dans le drame un épisode saisissant, tout de grâce et de prodige. À les voir évoluer, pointus ou discoïdes, avec leurs yeux aux bagues fines, leurs bouches rondes ouvertes, le jeu muet de leurs opercules, s'éparpillant et se rassemblant, bandes assombries de dos, grappes de clarté de flanc, tourbillonnant sous la voix mince des roseaux, filant droits comme des rayons de lune par les branches ou frémissant ainsi que les feuilles à la tempête, ils semblaient les notes visibles d'une orchestration prodigieuse où les yeux prenaient tous les plaisirs de rythme et d'harmonie de l'oreille.

La lutte pour les maintenir ou les éloigner dura quelque temps ; mais un de nos hommes s'étant aventuré sur le radeau, le roseau à rainure à la main, dès qu'il se mit à jouer, les poissons montèrent vers la surface et s'éloignèrent.

Les poissons disparus, le camp des Noirs marqua sa fatigue. Les quelques-uns qui avaient tenté de gagner la surface pendant la phase des poissons, flottaient maintenant un trait dans le cœur. Trois autres s'élevèrent, au mépris du danger, et furent tués. Alors les harpons des Noirs voguèrent par centaines, comme des hirondelles en migration, et ils s'enfonçaient parmi les plantes, soulevaient en légers tourbillons la vase. Les nôtres ne bougeaient point. Seuls, deux blessés montèrent, et, avant que la riposte fût possible, les Noirs élevèrent un épais rideau de tourbe derrière lequel ils vinrent à la surface pour respirer. Déjà les Clairs traversaient ce rideau, prenaient position sous l'ennemi. Vaincus, leurs munitions épuisées, les Noirs se donnèrent à la fuite… Beaucoup y réussirent, mais un grand nombre furent tués, un grand nombre aussi retenus captifs. Je pressentis la poursuite inutile, l'arrière-garde des fuyards se séparant des poursuivants par d'immenses voiles de fange. Captifs et morts, acheminés sous bonne escorte vers les huttes, étaient partis depuis quelque temps, lorsque je vis émerger cinq ou six hommes clairs portant un enfant noir qu'ils déposèrent sur le radeau. On me lit signe de veiller sur lui et, comme je l'entendais pousser des gémissements, on me montra avec compassion son bras gauche. Je palpai ce bras. Il était luxé à l'articulation de l'épaule. Mais j'y fis peu d'attention, car le radeau de Sabine, en ce moment, disparaissait dans les brumes.

Nous avions rejoint l'île. Notre troupe y prit du repos, mais sans aucune joie de la victoire, plutôt du dégoût et de la tristesse, accompagnés d'indignations subites, de grandes colères clapotantes. Pendant qu'ils faisaient cuire du poisson, je rôdai par l'île. Je la parcourus jusqu'aux deux tiers, dans sa largeur. Il y croissait d'immenses graminées, et je me rappelle, à travers ma songerie, avoir remarqué une sorte de sillon où ces graminées se couchaient ; mais ce fut une de ces remarques qui ne pénètrent pas, qui reviennent seulement plus tard comme les ébauches d'idées reviennent dans le sommeil. Quelques pas encore, le terrain s'effondrait dans un entonnoir hérissé de pierres dures, où s'ouvrait, vers le fond, un trou plein de vertige et de nuit.

Je me penchais sur ce sépulcre, y comparant mon âme vide et béante, et j'eus une hallucination. Il me sembla qu'une plainte venait de là, une plainte non comparable avec celles qui pouvaient sortir du larynx d'un Homme-des-Eaux : rien du clapotement humide, batracien, si caractéristique, mais une voix toute terrestre, sèche et vibrante, telle qu'une voix d'Européen.

« Sabine ! » criai-je.

Étais-je fou ? Sabine fuyait sur les eaux. J'écoutais pourtant. Je prêtais une oreille capable de percevoir le vol d'une phalène dans les bois. Et je n'entendais que la rumeur des choses mortes, celle qui gronde à toute caverne avec les craquements menus de la pierre, les obscurs déclics de l'horloge des choses.

Alors, tout songeur, je revins au campement. La halte ne se prolongea guère, car dès que le poisson fut rôti, nous l'emportâmes. Eux s'en repurent sous l'eau ainsi que je le leur avais vu faire souvent, moi je mangeai ma part sur le radeau. J'en avais offert à mon compagnon de route. Il avait refusé. Dans cette angoisse où je vivais, sa souffrance m'avait d'abord laissé indifférent, mais ce refus de nourriture, sa soif continuelle, les plaintes qu'il exhalait, attirèrent enfin mon attention. Déployant toute mon énergie, je parvins à remettre en état les surfaces articulaires de son bras.

Tandis que je me penchais pour finir mon opération, une particularité m'attira. Sans le moindre doute, les yeux du blessé n'avaient pas, à beaucoup près, les caractéristiques des yeux des autres Hommes-des-Eaux. Le blanc s'y montrait très apparent et de forte courbure, l'iris, quoique penchant vers le rouge, n'avait pas une couleur précise, et plus d'un Européen possède des yeux semblables. Très surpris, j'examinai les autres parties de son corps. Je reconnus que ni pour la peau, ni pour les cheveux, ni pour l'affinement des extrémités, il n'était comparable à la gent aquatique parmi laquelle il vivait.

À travers les soucis, les hypothèses et les conjectures m'agitèrent irrésistiblement. Me trouvais-je devant une race mixte entre les hommes terrestres et les Hommes-des-Eaux ? Ou bien, par quelque phénomène d'hérédité, celui-ci revenait-il à la souche terrestre ? Fallait-il supposer que la transformation de l'homme terrestre en homme aquatique s'était faite si rapidement qu'il avait suffi de quelques siècles ? Par bribes, des rappels de lectures m'apportaient les affirmations de vieux auteurs sur la faculté de certains êtres extraordinaires à vivre sous l'eau. L'expérience faite sur de jeunes chats aurait démontré, qu'immergés dès leur naissance dans du lait tiède, ils y étaient restés vivre pendant des heures. Notre existence, tout aquatique avant la mise au jour, ne pourrait-elle, selon des accommodations graduées, demeurer amphibie ?

Les ravisseurs prenaient soin de multiplier les obstacles, en troublant l'eau sur de vastes étendues, et mes compagnons n'arrivaient à tenir la piste que par une quête sagace. Qu'on se figure donc ma joie, lorsque, vers deux heures, la brume de l'horizon se déchira sous les efforts du soleil et que je revis le radeau de Sabine.

Mon doigt à partir de ce moment pointa vers la tache mouvante et nous glissâmes avec une rapidité double.

Nous gagnions visiblement. De quart d'heure en quart d'heure, le radeau de Sabine devenait plus distinct, et je jetai un cri de suprême allégresse en voyant se dessiner confusément sur le ciel une silhouette de femme. Mais l'angoisse mordit mon cœur à ce même moment : le jeune chef, plutôt que de nous abandonner Sabine, ne l'attirerait-il pas au fond du lac !

Ah ! qu'elle ne soit pas traînée dans les lourdes nappes de l'humide, son pauvre corps plus doux qu'un corps d'oiseau, son être aérien, sa beauté de créature faite pour peupler les jardins fragiles de notre Occident.

Encore plus près, l'adorable silhouette précise au point que je reconnaissais le petit mantelet ailé de Sabine. Je m'étais mis debout, mon cœur ne semblait pas dans ma poitrine, mais répandu dans l'espace. Je n'avais plus que l'impression du soleil sur le lac, de la brise douce, du cri de mes compagnons, je sentais mon corps dans ces choses comme un arbre dans une forêt, tandis que toute mon âme se précipitait vers le radeau dont cinq cents mètres à peine nous séparaient. Et cette distance décroissait continuellement.

Or, debout sur mon radeau, entouré de fermes et beaux nageurs, dans le vent, dans l'étincellement du lac, les vagues où chaviraient un monde de lueurs, le chant éperdu de mes Hommes-des-Eaux, c'était une chose vertigineuse. L'espoir et l'impatience se rencontraient dans ma poitrine comme des corps de cavalerie au nœud d'une bataille. Je voyais Sabine, mais elle ne pouvait me voir ; elle avait la tête tournée vers le large. Par quel artifice la contraignaient-ils ? Pourquoi le regard adoré ne venait-il pas au mien ? Vagues préoccupations d'amant, puéril jusqu'au cœur d'un drame.

Arrivés à trois cents mètres, mes nageurs libres s'élancèrent dans la direction du radeau. À ce même moment, un homme se dressa à côté de Sabine. Le cœur étreint d'épouvante, je le vis saisir la jeune fille à bras le corps. Elle lui résistait, elle se débattait. Il s'efforçait de l'entraîner.

Ah ! J'ai gardé la trace de ces minutes sur mon organisme ; mon cœur, durant des années, en demeura affaibli tremblant, et plusieurs mèches grises se mêlèrent dès lors à mes cheveux.

La chose maudite s'accomplit sous mes yeux. Sabine fut précipitée dans les flots. La force du malheur déracina mon être ; dans des voiles obscurs, parmi la chute, semblait-il, de fragments immenses du monde, je me lançai dans le lac, et, lourd, lent, impuissant comme un insecte dans la glu, je nageai vers ma bien-aimée. Je compris presque aussitôt l'inutilité de cet effort, l'inutilité de tout effort sur cette misérable terre et, cessant de lutter, je me laissai couler à fond.

III

L'enfant-des-eaux

Je me réveillai sur le radeau. Il était immobile et je m'y trouvais seul. Mon compagnon blessé avait disparu ; je cherchai en vain mes nageurs. Le lac, très pur, vivait sous le soleil sa grande vie clapotante, partout emportant vers l'horizon ou apportant vers moi, selon la brise, les poissons rutilants des reflets : des traînées lumineuses cernaient des plaques lourdes, luisantes et bossues, comme du verre à bouteilles ; des cuirasses imbriquées de pangolin, des réseaux bleus bordés d'orange alternaient avec de petits flots en cloches de cristal, avec des rides si minces et si pâles qu'on eût dit de biscuit de mer flottant, avec des escaliers lumineux montant vers le soleil et des iris de soies posées à plat sur l'eau.

Je m'occupais à ces choses dans une hébétude sinistre, le drame de tantôt relégué maintenant au double fond de mon être. Un temps interminable s'écoula, puis mon regard perçut la présence d'un homme dans le lac. Je le voyais confusément, car il se trouvait à une grande profondeur ; il ne se déplaçait point avec l'ordinaire vitesse de ses congénères, mais plutôt avait une nage prudente et sans entrain.

Il remonta. À son bras traînant, enveloppé de linges, je reconnus l'enfant capturé dans le massif de roseaux. Il tenait de sa main valide un objet brillant, mon couteau, qu'il était allé chercher au fond du lac.

Je l'aidai à reprendre place auprès de moi ; mais tous ces mouvements avaient réveillé l'atroce souvenir, et, le cœur torturé d'une épouvantable certitude, je tombai dans un désespoir sans mots.

J'en sortis à une pression sur mon épaule. Le blessé se tenait debout avec une attitude apitoyée et une singulière insistance à me faire des signes de dénégation, accompagnés d'une mimique dont le sens m'échappait. Cela dura quelque temps, puis il parut se décourager et s'arrêta ; mais il gardait un air de réflexion inquiète. Enfin, d'un geste brusque, il saisit le couteau et détacha de nos planches cinq morceaux de bois. Une malice se marqua sur son visage tandis qu'il me donnait la curieuse petite représentation suivante. D'abord, tenant sur sa poitrine un des morceaux de bois, il lui prodigua des marques de la plus vive tendresse ; il m'obligea même à agir comme lui, et je me demandais quelle cérémonie fétichiste il m'enseignait ainsi ; le deuxième morceau de bois, il le posa sur l'eau, simulant une embarcation : mais, tandis que le premier morceau de bois était couché près de moi, le troisième accourait, s'en emparait, le portait sur le radeau.

L'intérêt s'éveillait en moi ; car il devenait clair que le pauvre enfant me racontait l'histoire de Sabine. Il vit mon attention, et de nouveau son visage exprima la consolation et l'espérance, tandis qu'il poursuivait.

Or, voici la chose émouvante à laquelle j'assistai. Le radeau emportait Sabine, puis il abordait à une île ; Sabine descendait conduite par le chef noir, et... le quatrième morceau de bois prenait sur le radeau la place de Sabine.

Une fulguration d'orage m'éclaira. L'enfant blessé riait et poursuivait son récit, suivi maintenant avec une plus frémissante palpitation qu'un drame de Shakespeare : Sabine et le chef restaient dans l'île..., le quatrième morceau de bois continuait sa route sur le radeau, et voilà que le cinquième morceau de bois surgissait, se saisissait du quatrième se précipitait avec lui dans le lac !...

L'enfant riait encore, et cette fois je comprenais bien son rire, je comprenais ses consolations et son espérance.

Sabine vivait ! La pénétrante certitude filtra dans mon âme, plus douce que les rayons de l'aube par les rameaux de quelque noire forêt d'Afrique. Elle vivait, mais où ? Pourrais-je en tirer l'indication du génial enfant ? Non seulement je le pus, mais avec des détails qui me surprirent. Nous avions trouvé une langue et, chaque succès en appelant de nouveaux, bientôt cette langue exprima des sensations fort délicates et même quelques idées abstraites élémentaires.

Ainsi, je sus que Sabine s'était trouvée d'abord dans l'île proche du massif de roseaux. L'enfant me dit, mais je l'aurais tout aussi bien deviné, qu'il existait par là une grotte où Sabine aurait été descendue. Ma prétendue hallucination se trouvait donc être une vérité, les plaintes sortant du trou de silence et de nuit provenaient bien de ma malheureuse fiancée. De cette grotte elle avait dû être transportée dans le pays des Hommes-des-Eaux noirs que l'enfant me montrait du doigt vers l'occident.

IV

Le chenal

Décidé à rejoindre Sabine, je m'ingéniai à en trouver les moyens. Un des petits troncs d'arbre de notre plancher, je le façonnai en godille avec mon couteau et, l'exercice de cette espèce d'aviron m'étant familier depuis l'enfance, j'arrivai à parcourir quatorze à quinze mètres à la minute. Certes, il faudrait ainsi bien des heures pour atteindre la rive invisible, mais l'action me coûtait moins que l'inaction ; j'étais heureux de me prodiguer pour mon amie, et je sentais déjà en récompense de l'effort me venir l'espoir.

Tout le reste du jour, ma godille tourna dans l'eau.

Le soleil déclinait lorsque j'aperçus les premiers arbres et les premières collines de la rive. Dans l'indécision sur le choix de mon atterrage, j'éveillai l'enfant. Il me montra, à un kilomètre sur la droite, un point marqué par le moutonnement d'une grande forêt. Bientôt nous trouvâmes l'entrée d'un vaste chenal et, sur l'ordre de l'enfant, j'y engageai le radeau. Les eaux étaient si lentes qu'elles semblaient plutôt sortir d'un lac que descendre d'une montagne. À droite et à gauche, sur les bords, en piliers colosses, des arbres jaillissaient du fleuve, formaient de gigantesques colonnades. Une impression de froid tombait des branches ouvertes comme de vastes mains. Le couchant se tenait au fond du chenal, et l'onde apportait dans ses plis quelques sanglantes clartés. On voyait, sous l'eau, le tronc des arbres à quinze pieds. Il errait de gros poissons aveugles, d'énormes crustacés verdis d'algues et surtout des céphalopodes d'une espèce inconnue, aux yeux immenses. Tout dénonçait la vie de l'ombre, pâle, fiévreuse, la fécondité blême des bêtes et des plantes qui ont renoncé à la lumière. Des algues admirables tapissaient les endroits peu profonds, longues de plusieurs mètres, traînant leurs cheveux fauves dans le sens du courant, des lichens, largement ciselés, s'étendaient en strates bizarres, et partout pâturaient des insectes semblables à des tortues aux énormes boucliers ovales. Une araignée, grosse comme le poing, suspendue aux branches par un fil, plongeait pour saisir des proies molles ; de grosses mouches blanches volaient sur des champignons livides. Ma godille dérangea un mammifère à bec d'ornithorynque, et il voletait des nuées de chauves-souris.

À mesure que nous avancions, l'ombre tombait davantage. Le chenal levait plus haut ses collines, ses arbres penchés, et j'avançais dans une grandiose horreur, dans une passion de ces terribles choses qui n'avait de comparable que mon désir de revoir Sabine. L'enfant s'était rendormi. Les dernières draperies sanglantes se plissèrent sur le flot. Des ténèbres absolues voilèrent la route. Je me mis à l'avant du radeau et je pagayai une bonne partie de la nuit dans l'obscurité.

V

La forêt lumineuse

Je suppose qu'il était environ minuit quand l'enfant se réveilla. Son épaule allait beaucoup mieux. Nous avions faim et il parvint à découvrir des noix comestibles. Après le repas je m'endormis d'un léger sommeil. Quand je me réveillai, la lune devait être quelque part sur la gauche, car il venait de ce côté une lueur spectrale à travers les bois : c'était de vagues images de mousselines, un flottement nébuleux de blancheurs, comme un grésil sur la forêt.

Parmi la colonnade, il régnait une ombre de cave, éclairée seulement de quelques dos phosphoreux de poissons. Je me remis à la pagaie. À cause des précautions j'avançais avec une lenteur extraordinaire, si bien qu'en trois heures je ne fis pas deux kilomètres. Une sorte de falaise obscure se dressait alors devant moi, tandis que sur la gauche venait une singulière éclaircie. Et vraiment était-ce déjà le soleil ? L'aube filtrait-elle maintenant à travers la forêt ? Je dirigeai le radeau vers la clarté. Dix minutes suffirent pour tourner le coude, et un vaste paysage, plus brillant qu'un paysage de neige sous la lune, apparut. Pourtant ni la lune, ni le soleil n'éclairaient.

Une luminosité errante, aux larges moires, reposait sur le fleuve, étendu maintenant aux proportions d'un lac. Les eaux, qui se perdaient très lointain dans une forêt inondée, étaient basses, car on voyait les premières bifurcations des racines des arbres. De ces racines partait la lumière en cercles denses qui allaient se dégradant. Mais elle était sans ombre comme une nappe colosse de flammes rases, et, partout, la lueur se mouvait, ondulait, s'éteignait, s'avivait, se plissait ; elle coulait des buissons en cascatelles rutilantes, s'éparpillait en guêpes de clarté à la brise, et, aux places rares où l'eau pouvait la réfléchir, oscillait largement. Un vaste, un stupéfiant silence régnait.

Je restais immobile au seuil de cette féerie. Ma plus lointaine enfance guidait tous mes actes. J'avais de cet âge la naïve admiration et la mystérieuse terreur, l'invisible curiosité et l'horripilation de l'occulte. Je me crus à quelque ville de légende où les Hommes-des-Eaux auraient trouvé moyen d'éclairer le dessous du lac ; je me figurais cette humanité nouvelle, inaccessible à ma faiblesse ; j'eus, moi, le représentant des races supérieures, l'impression peureuse, mélancolique, résignée, des races vaincues ; d'innombrables choses croulèrent en moi qui n'y étaient que par la certitude d'appartenir à la plus haute humanité. Je compris le glissement à l'abîme de nos pauvres rivaux, la vie réfugiée aux rêves, aux théories confuses, aux consolations du Nirvana.

Cependant le phénomène se compliqua de la présence d'un être. C'était, tout là-bas, sur un îlot, un homme dont la silhouette se mouvait sur le fond de lumière. Cette silhouette géante atteignait aux premières branches d'un frêne, à trois mètres du sol. Elle était très mince et je vis bientôt que toute sa hauteur tenait dans ses jambes. Trois, quatre autres hommes semblables parurent sur l'îlot, puis ils entrèrent dans l'eau, qui leur venait à la ceinture. D'un pas rapide ils se dirigeaient vers nous, et j'éveillai mon compagnon.

Effaré, ébloui de la trop vive lueur, il porta la main à ses yeux pour mieux voir, et rien dans l'exclamation qu'il poussa n'exprimait la surprise ni la frayeur. Cependant les hommes approchaient. Selon la profondeur, on voyait émerger leur buste plus ou moins ; parfois même leurs jambes ne plongeaient pas, et j'eus le temps de reconnaître que ces jambes, excessivement grêles, correspondaient à des bras d'une longueur démesurée, secs et minces comme des lianes, et recouvertes d'écailles jaunâtres sans trace de poils. Le tronc était au contraire velu et blanc, la poitrine exiguë, la tête petite, aux grands yeux froids dans une excessive mobilité.

L'enfant semblait prendre plaisir à leur présence, un plaisir mêlé de raillerie. De loin il leur parla. J'écoutai avidement leur réponse. Ils n'avaient pas la voix batracienne, l'accent humide, le clapotement des lèvres de mes Hommes-des-Eaux ; mais, au contraire, le son sourdait en basse-taille de leur poitrine et ils articulaient dur, coupant les syllabes d'un martellement continu des mâchoires.

Graves, ils entouraient notre radeau. Tout leur être donnait l'impression d'une race triste, confinée à des territoires ingrats. Dans la demi-clarté, ils apparaissaient d'un blanc de vie souterraine, leurs cheveux pâles, couleur de cendre, les poils de leur poitrine moins foncés que ceux du dos. Je ne sais pourquoi leur présence m'apitoya ; peut-être l'attitude protectrice de l'enfant, peut-être un instinct qui me montra dans ces gens à la tête étroite des parias.

Je me les figurais comme ayant raté leur métamorphose. Rejetés par de puissantes nations mongoles dans ces contrées palustres inaccessibles au reste des hommes, ils avaient dû vivre de prudence et de réserve. L'effort permanent de trouver leur nourriture dans les marais et les étangs avait à travers les siècles allongé leurs membres. Puis de nouvelles peuplades de même origine étant survenues, soit qu'une impulsion plus ferme les eût portés jusqu'aux grands lacs, soit que le temps eût amélioré la région, ces derniers venus avaient pu choisir une adaptation audacieuse et souveraine, se faire amphibies, laissant loin derrière eux les tristes précurseurs réduits à la fréquentation des eaux sous-forestières et peu profondes.

Je compris que l'enfant les priait de pousser le radeau, et ce semblait plutôt un ordre qu'une prière. Bêtes et doux, ils obéirent avec mélancolie, et, je pense, avec le sentiment de leur faiblesse. Notre radeau glissa à travers la forêt lumineuse.

Le rêve baignait cette scène de rêve. Les remous de notre passage faisaient au loin des strates radieuses comme sont les reflets des belles Nacres, mais à l'endroit où nous passions c'était la déchirure d'une étoffe d'argent, laissant derrière elle un sillage sombre, tandis qu'à droite et à gauche des condensations de lueurs se traçaient en longs replis. J'examinai les eaux avec attention, j'y plongeai la main que je retirai flamboyante, et je reconnus de petites cellules végétales où mes études postérieures me permirent de reconnaître des zoospores d'algue, animés, probablement à l'époque de la reproduction, d'un mouvement semblable à celui des têtards, et, de plus, phosphorescents.

Après des heures de course, le chenal commença de se rétrécir et bientôt l'eau monta jusqu'à la gorge de nos pauvres échassiers haletants. Ils nagèrent quelques minutes, puis, rendus, ils abandonnèrent le radeau et gagnèrent la rive.

Nous étions juste au seuil des ténèbres, car la nappe de zoospores ne s'étendait pas dans le chenal rétréci. Je criai des remerciements à mes aides. L'enfant aussi leur envoya des paroles cordiales. Ils y répondirent par le martellement confus de leur lourde voix et se mirent en marche sur la rive. À mesure qu'ils s'éloignaient, mon intérêt pour eux allait croissant : rien de plus humble, de plus pitoyable que leurs tristes squelettes, soit qu'ils le pliassent comme de bizarres marsupiaux ou que, debout, ils eussent la mélancolie des êtres trop frêles et trop longs. La dernière fois que je les vis, ils trottaient sous les branches, et leur théorie de mortelle pâleur semblait mue, comme les pattes de faucheux coupées, par une désolation mystérieuse…

Je m'étais remis à pagayer. L'eau devenant plus profonde, les arbres plus rares, je fis un peu de chemin dans les ténèbres. L'enfant s'était, je pense, rendormi. Toutes mes sensations furent alors des sensations de rêve. Il me paraissait qu'un trou noir aspirait le radeau, que j'allais sombrer à quelque abîme, que jamais je ne retrouverais la douce sensation de mes lèvres sur la chevelure de ma bien-aimée. Mon courage faiblissait ; je me rappelais cependant des minutes presque aussi âpres endurées avec patience au cours de notre voyage ; mais, alors, il y avait l'énergie de Devreuse, la présence de Sabine ; des Compagnons européens, surtout les périls étaient prévus, la lutte entreprise contre des forces cataloguées. Maintenant la solitude, l'embûche, des hommes infiniment puissants, infiniment différents de nous, et ces ténèbres, cette forêt interminable, cette crainte, avec mon cœur affaibli, de quelque nouvelle aventure prodigieuse où il me semblait qu'aurait défailli ma raison.

Ma pagaie ne battait plus le flot que de coups espacés et inefficaces, le vertige de l'ombre tremblait devant mes yeux ; il vint des périodes où je ne savais exactement si je pagayais encore, si je m'étais arrêté ; d'autres où je me croyais tantôt errant par des ruelles urbaines, tantôt assis au haut d'un phare, et alors je me secouais pour retrouver la rivière, la nuit, le radeau, je murmurais des paroles sans accord avec l'heure et l'endroit. Enfin je sentis que je tombais décidément dans l'inconscience et je me souviens que mon dernier effort fut pour me reprocher la dérive probable du radeau, et pour apercevoir l'aube telle qu'un trou clair dans le chenal.

VI

Sous l'orage

Quand je me réveillai, le radeau marchait d'une bonne vitesse ; nous avions franchi le chenal, nous nous trouvions en plein lac. Il faisait terriblement chaud. Des nues immenses cachaient et découvraient tour à tour le soleil.

Je cherchai des yeux l'enfant. Je le vis à l'arrière, immergé, poussant le radeau de son bras valide. Il me sourit, me montra vers le nord un pays de collines caverneuses.

– Est-ce là ? – dis-je.

Son geste fit « oui » et il pressa sa main sur sa poitrine, ce qui dans notre langage signifiait Sabine.

– Sabine !

J'invitai l'enfant au repos. Il s'y refusa. Alors, je pris la godille et je ramai. Les gouttes d'une large sueur me baignaient. Des nues basses venait une pesante électricité. Les flots, sans trop de brise, houlaient, courts et actifs. À notre droite, la sombre toison de la forêt s'embrumait de plus en plus, et, par un défilé, plus loin que les collines caverneuses, dans une sorte de désert, des tourbillons de sable cachaient tout le ciel. J'éprouvais l'angoisse qu'on éprouve dans ces crises et aussi je ne sais quelle émulation, quelle rivalité de l'homme contre les éléments. L'enfant poussait activement, je maniais la godille avec raideur, et nos efforts combinés nous approchaient de la côte. Nous n'en étions plus qu'à cent mètres lorsque la tempête éclata. Sa fureur insensée couvrit instantanément le lac de vagues effroyables. Une trombe me souleva, m'engloutit, me ramena à la surface, et les fouets humides de la pluie me flagellaient, m'aveuglaient. D'ailleurs, tout le paysage avait disparu dans la grisaille. Je me tenais convulsivement accroché aux poutres du petit radeau dont les liens cédaient ; je pressentais le moment où je serais laissé sans appui. L'enfant avait disparu. J'estime qu'à deux ou trois mètres sous l'eau, il se riait de l'ouragan et me surveillait. Et comment en aurait-il été autrement, puisqu'un dernier effort, le coup de queue de la trombe, ayant définitivement disloqué mon radeau, moi-même projeté loin de tout appui, je fus saisi et emporté vers la rive ?

L'enfant montra de la crainte aux premiers coups de tonnerre. Ces coups, d'abord étouffés sous les basses nues irrégulières, bientôt eurent un fracas épouvantable, quand la voûte fut plus haute et plus homogène. Les éclairs mordaient l'eau d'un zigzag bref, ou s'allumaient doux et larges comme des lunes électriques. Les vagues, visiblement s'élançaient vers le ciel, tandis que des nues descendaient, lentes d'abord, capricieuses, mais bientôt tout le lac se couvrit de flammes et de vacarme. La terreur de l'enfant me réveilla. Je lui fis signe de s'abriter au fond du lac et que je l'attendrais. Il accepta, bondit, disparut sous l'énorme agitation.

Resté seul, je bravai orgueilleusement la foudre. L'intarissable torrent coulait sur moi comme un ruisseau sur la montagne. J'ôtai tout le superflu de mes vêtements et, nu jusqu'à mi-corps, j'entrepris d'explorer les environs. On n'y voyait pas à cinq mètres dès que le ciel restait sans éclairs. Mais c'était rare : le lac et le ciel, luttant de tension électrique, peuplaient l'espace de reptiles phosphoreux.

Deux fois le choc me renversa, deux fois je me relevai avec un ricanement. Je me sentais au fond du malheur, dans la volupté noire des désespérés. L'orage, ses menaces, son tumulte infernal, sa pluie sur moi comme d'insultantes lanières, me donnait l'âme de quelque fanatique Hindou, de quelque saint martyr de la primitive Église.

Par les fumées d'un sol humide et surchauffé, à travers les grilles nettes de la pluie, j'entrevoyais les cavernes, je m'en approchais peu à peu. À cinquante pas, sous un magnifique éclair, je tombai tout du long sur le sol, mais ce ne fut pas du choc électrique, ce fut de voir Sabine au seuil d'une des cavernes. Elle se tenait assise sur une grosse pierre et regardait l'orage. Personne n'était auprès d'elle.

Je ne me relevai pas : je rampai doucement. À mesure, je m'apercevais qu'elle était bien seule. Comme elle fermait les yeux à chaque éclair, elle ne me vit pas. Toujours rampant, je me demandais s'il fallait entrer dans la caverne. Des Hommes-des-Eaux ne s'y cachaient-ils pas ? Puis une certitude brusque : ainsi que mon compagnon de voyage, les ravisseurs de Sabine, par frayeur du tonnerre, s'étaient mis à l'eau. Alors, surpris que Sabine ne songeât point à s'évader, je m'aperçus qu'elle avait les pieds et les mains liés.

Ma joie fut si prodigieuse que je restai bien deux minutes haletant, parmi le déchaînement des horreurs. Enfin je pus bondir, me trouver éperdu au pied de ma fiancée. Elle me reconnut, elle eut vers moi un geste d'élan, mais sa faiblesse l'emporta et je reçus sur ma poitrine sa tête évanouie de bonheur. Elle renaquit sous mes baisers. Rien qu'à voir ses deux yeux bleus, sa bouche pure, la grâce de son front, je sus qu'elle avait échappé à tout outrage, et mon cœur d'amant fut large à tenir le monde.

Sabine délivrée, nous partîmes dans la pluie. Tout me parut bien dans l'univers, et les éclats terrifiants de la foudre sur nos têtes étaient des éclats de victoire et d'allégresse. Sabine, son doux visage ruisselant de pluie, souriait vers moi. Elle réfugiait contre mon corps son doux corps de bien-aimée dans un frisson de fièvre exquise. Son capuchon imperméable protégeait sa tête et sa poitrine ; mais je me souviens qu'une fois elle s'accrocha à mes épaules, qu'elle m'embrassa étroitement et que ce capuchon tomba en arrière. La toison blonde de ses cheveux me noya le cœur de délices : toute ma vie j'aurai devant les yeux sa tête charmante, sa nuque délicate, la jeunesse sacrée de sa chair sous l'intarissable averse. Je la pressai sur moi, délirant, et, au milieu d'un éclat de tonnerre qui fit trembler le sol, je lui rendis ses caresses. Déjà elle se reprenait avec douceur, elle couvrait en souriant sa tête mouillée, elle m'entraînait.

Je tins sa petite main nerveuse comme un exquis enfant tient un oiseau, et nous courûmes jusqu'à l'endroit signalé par mes vêtements.

L'enfant émergea, sortit de l'eau et, quoiqu'il manifestât une extrême frayeur à chaque éclair, cependant il vint jusqu'à nous. Sabine, qui l'avait pris d'abord pour un de nos alliés, s'apercevant qu'il était noir, en conçut tant de crainte, que j'eus peine à la rassurer.

Le temps pressait. Le plus grand obstacle à notre fuite était la terreur de l'enfant aux coups de tonnerre. Cependant, comme il parvint à se vaincre assez pour nous accompagner, je dus plutôt me féliciter de cette circonstance, car elle me garantissait de toute poursuite pendant la durée de l'orage.

D'ailleurs, je m'aperçus que l'enfant se rassurait infiniment dès qu'il tenait ma main, et j'eus alors l'intuition que son malaise pourrait bien être plus physique que moral, le contact de ma main apaisant les véritables ondulations électriques dont il était secoué. Pour quelque raison qui m'échappait, son corps conduisait mieux que le nôtre le fluide, ou du moins partageait plus nerveusement l'état de l'atmosphère. Mais cette même raison de conductibilité ou de nervosité l'apaisait à mon contact, si bien qu'il put nous diriger.

Nous l'accompagnâmes en silence pendant une demi-heure. Alors ma surprise fut extrême de le voir nous engager dans une caverne ou plutôt dans une grotte spacieuse.

« Où donc nous mènes-tu ? » m'écriai-je.

L'enfant regarda Sabine comme pour l'engager à parler.

« Vous n'êtes donc pas venus ici par une grotte ? demanda la jeune fille, s'adressant à moi.

— Non, dis-je, nous sommes venus par une espèce de rivière.

— Moi. dit-elle, j'ai été menée par des souterrains immenses !

— Pouvons-nous risquer une pareille aventure, chère Sabine ? »

Et, m'adressant à l'enfant, j'indiquai que nous désirions un autre chemin. Il marqua que c'était impossible, qu'il fallait s'engager dans la grotte ; mais il prit un air d'assurance comme pour une route déjà parcourue. Moi, je tremblais en regardant Sabine ; elle s'en aperçut.

« Puisqu'il n'y a pas d'autre moyen, – fit-elle, – tout n'est-il pas préférable au risque d'être repris ? »

Elle me donna sa main. L'enfant prit la mienne, et nous nous enfonçâmes dans les ténèbres.

VII

La marche aux grottes

Dans la grotte, le roulement du tonnerre, plus assourdi et plus confus, se prolongeait en infinis échos. C'est en soi une chose terrifiante que de marcher par de vastes couloirs obscurs, mais les éclats de la foudre y ajoutaient la crainte perpétuelle d'un cataclysme. Le danger n'était pas qu'imaginaire. Une fois, la montagne atteinte, je suppose, extérieurement, trembla toute et, après que la marée du bruit se fut perdue aux profondeurs, nous entendîmes avec un indicible effroi la chute d'un bloc rocheux qui se brisa et dont un fragment me frappa à l'épaule.

Nous poursuivîmes. Je sentais frémir la petite main de Sabine. Nous avancions sans parler, dans un silence où l'angoisse et l'espoir se mêlaient aussi intimement que le gui au chêne. Une heure passa. L'enfant allait toujours, et je m'expliquais son assurance en me figurant le couloir unique, sans branches latérales ; mais je fus bien détrompé lorsque nous arrivâmes à une sorte de carrefour dont une des routes (que nous ne suivîmes pas) avait au fond un trou de vif-argent.

« Comment, dis-je à Sabine, l'enfant découvre-t-il sa voie parmi tant d'autres ?

– J'y ai songé, répondit-elle, alors qu'on me transportait à travers ces interminables grottes, et je n'y vois pas d'explication, sinon que les Hommes-des-Eaux ont le sens de l'espace mieux développé que nous, ainsi qu'il arrive pour les pigeons voyageurs.

– Oui, chère Sabine, leur science du mouvement, les longs trajets qu'ils parcourent sous l'eau, ont pu leur donner à la longue le sens dont vous parlez.

– Je crois aussi qu'ils voient mieux que nous dans l'ombre… »

Après deux heures de marche, la grotte s'élargit. Au loin, un reflet immobile de bronze clair annonça l'eau. Ce reflet grandit verdissant, vacillant ; puis ce fut une aube craintive, un de ces faibles jours verticaux qui s'alanguissent à l'entrée des cavernes. Une vaste salle dont nos yeux apercevaient à peine le haut, enfermait une cave souterraine. Cette eau se perdait au loin dans une galerie, vers la droite, et la lumière venait de là, portée du flot à la muraille et de la muraille au flot. Plusieurs grands oiseaux s'enfuirent à notre approche, et nous les vîmes longtemps voleter dans l'immense tunnel.

Le saisissement de la clarté nous immobilisait, Sabine et moi ; nous éprouvions la joie sans paroles des gens qui sortent d'un cauchemar. La figure de l'enfant s'éclairait de notre bonheur. Il nous fit signe de prendre du repos et nous lui obéîmes, tandis qu'il plongeait à l'eau souterraine et que nous le perdions de vue. J'avais Sabine contre moi. Nos deux cœurs, à travers toute lassitude, chantaient la forte chanson du printemps de vie.

« Sabine, dis-je, nous nous aimerons davantage pour tant de périls et d'aventures prodigieuses. Notre amour gardera la trace de nos terribles émotions. Jamais nous n'oublierons le souterrain grandiose, ces magnifiques et lourdes eaux dans la pénombre. »

Elle réfugia sa tête contre mon épaule et des minutes adorables coulèrent où mes bras l'enveloppaient toute dans un geste à la fois d'orgueil et de tendresse. Les sombres galeries parlèrent d'intarissable passion, du renouveau où se bâtissent les nids des épinoches et les foyers des hommes, de la beauté souveraine des frêles bien-aimées qui résument la grâce du monde.

VIII

Les lacs intérieurs

Suivant d'abord une étroite chaussée, bientôt nous avions gravi un passage obscur qui devait nous faire passer au-dessus de l'eau souterraine, car nous aperçûmes son reflet dormant par une crevasse de la pierre. Nous marchâmes environ deux heures, plus allègres qu'au matin, encore que les ténèbres fussent plus froides, plus humides et le couloir plus étroit. Enfin nous débouchâmes dans le fond d'une vallée. Ce fut un éblouissement. L'orage s'apaisait ; quelques abîmes bleus s'ouvraient parmi les nues molles, et des géants de neige y voyageaient sur des montagnes de coton.

La vallée était une partie de la grotte dont le haut, sous quelque cataclysme, avait chu. Les parois, terriblement escarpées jusqu'à la hauteur de dix pieds, prenaient à partir de là une végétation folle où les reptiles de la liane le disputaient aux durs squelettes des arbrisseaux. En bas, c'était l'effondrement de la montagne, un flux pétrifié de blocs immenses, ciselés par la pluie en dents de monstres, en rudes figures d'animaux.

Nous suivîmes ce val pendant quelque temps, puis nous rentrâmes sous terre, mais pour trouver, au bout de vingt minutes, un nouveau val. Il se passa deux heures ainsi. Nous ne fîmes que tomber de l'ombre à la clarté, de jolis vals fleuris à de stupéfiantes cavernes. Enfin, la dernière fois, nous reparûmes au jour dans une combe immense remplie d'eau. On voyait venir de loin la rivière qui alimente ce gigantesque bassin ; elle y tombe en une chute large de plus de soixante-dix mètres et haute de quinze à vingt.

Alors la joie de l'enfant nous frappa. Rapide, il nous entraînait, nous faisait doubler un cap de hautes roches, et voilà que des demeures humaines apparurent semblables à celles des Hommes-des-Eaux. Aux cris poussés par quelques femmes, tout un peuple amphibie sortit de l'onde, accourut vers nous.

Ils étaient semblables à l'enfant, leurs cheveux longs et fins, leurs extrémités assez épaisses, au total leur ressemblance plus grande avec nous. Je reconnus par la suite qu'ils étaient inférieurs aux Hommes-des-Eaux clairs ou aux noirs, et cela m'expliqua leur relégation aux lacs et rivières souterrains. Il est notable que leur infériorité provenait de leur moindre distance à notre type, constituant, ici, un retard d'évolution. Ma première hypothèse où je voyais en eux les derniers venus dans la contrée ne tint pas devant d'ultérieures recherches : il semble plutôt qu'ils appartenaient à une des premières émigrations qui suivirent à quelques siècles celles des Hommes-Échassiers. Ceux-ci défendirent les marais et les eaux peu profondes avec assez d'énergie pour obliger les survenants à se rejeter dans les vallées intérieures où la profondeur des lacs les rendit amphibies. Maintenant, il reste également probable que les Hommes-des-Eaux noirs ne sont qu'un rameau détaché et perfectionné pour la vie aquatique de cette race des hauts vals, tandis que les Hommes-des-Eaux clairs semblent, au rebours, être venus directement des plaines de l'ouest à travers les marécages et s'être adaptés aux conditions de la vie nouvelle par pure imitation.

Les mélanges entre les diverses espèces de l'homme aquatique sont très restreints ; si l'on découvre des traces de fusion entre les Hommes-des-Eaux des deux couleurs, rien ne permet de supposer qu'il y eut jamais aucun mariage des amphibies avec les échassiers, ceux-ci, regardés comme une race inférieure tombée à la mélancolie des déchus et diminuant de jour en jour.

La possession de Sabine m'enlevait en grande partie l'inquiétude et je m'abandonnais à l'enthousiasme de tant de merveilleuses découvertes. Je voyais l'humanité sous cette nouvelle forme de l'adaptation directe, si méprisée à cause de notre infatuation du cerveau. Je me promettais un long séjour parmi les populations aquatiques, et j'espérais bien pénétrer leur mystère, non seulement au point de vue historique et ethnographique, mais encore et surtout dans ce qu'ils apportaient de modifications à notre sens des êtres et des choses.

Une tristesse cependant me poignait à songer que d'autres expéditions suivraient la nôtre, que, peut-être, des colonies d'hommes terrestres viendraient férocement détruire l'œuvre admirable des siècles, anéantir les diverses formes d'hommes lacustres. Alors je me disais, avec cette sincérité vis-à-vis de nous-mêmes qui est la plus notable conquête des philosophies positives, que mieux vaudrait pour ces pauvres gens que nous périssions tous. Puis je frissonnais en pensant à Sabine, puis encore je cherchais quelque consolation dans la quasi-impossibilité de franchir les marécages où nous avions failli périr ; j'espérais, du moins, qu'il faudrait de longues années avant que les peuplades environnantes, si peu denses, se décidassent à affronter les noirs périls de l'émigration, que, d'ici un siècle, l'organisation des Hommes-des-Eaux leur permettrait la résistance. Pour accepter le joug d'une grande nation, ils n'en défendraient pas avec moins de vigueur l'intégrité de leur territoire. Leur souplesse à s'assimiler notre langue était aussi d'un excellent présage. Enfin, ces régions, quoique admirables et parfaitement saines, n'en restaient pas moins essentiellement lacustres, donc, peu accessibles aux hommes terrestres.

L'accueil que nous reçûmes fut des plus hospitaliers. Selon la coutume de ces peuples, après un délicieux repas, ils nous donnèrent de belles fêtes aquatiques. D'une agilité incomparable et d'une grande résistance à l'asphyxie (bien que ces qualités fussent moins brillantes chez eux que chez leurs rivaux aux yeux planes), leurs évolutions demeuraient pour nous infiniment curieuses. Après tant de fatigues, nous jouissions du calme et du bien-être comme des soldats après une longue étape. Le soir vint, le manteau de la nuit traîna sur la vallée, et Sabine, anéantie, s'endormit contre mon épaule. Or, de ces populations cordiales, des belles eaux crépusculaires, du vaste ciel où s'évanouissaient en fils de coton les dernières fureurs de l'ouragan, il venait une telle quiétude, une si tentante promesse de bonheur, que je résolus de passer la nuit avec Sabine en cet endroit.

IX

La nuit d'angoisses

Avant même que les derniers rayons se fussent éteints sur le val, Sabine fut installée au fond d'une cabane. Moi, je portai ma couchette en travers de la porte et, dehors, sous de l'osier tressé, l'enfant s'abrita. En regardant par les interstices de la porte, je connus que d'autres hommes du village faisaient aussi le guet et je m'endormis avec confiance.

Je pense que notre sommeil durait depuis environ cinq heures lorsqu'un grand tumulte m'éveilla. Outre le tranquille ruisseau de clarté lunaire, un brasier rougeoyait au-dehors. J'ouvris prudemment la porte. Autour du brasier se tenaient une vingtaine de vieillards, et, parmi eux, des jeunes hommes dont les prunelles planes, les cheveux de lichen barbu, la sombre couleur de peau, signalaient mes adversaires.

D'ailleurs, l'athlète noir attira presque aussitôt mes regards. Une rage jalouse gonflait ma poitrine en songeant à ses prétentions. Je crois que j'aurais trouvé un grand soulagement à lutter individuellement contre lui ; mais je risquais ainsi que Sabine devînt le prix de la victoire. Je résolus d'employer tout ce que la diplomatie m'inspirerait de plus prudent, de ne recourir à la violence qu'à bout d'autres moyens.

La réunion semblait d'un Conseil des vieillards de la tribu hospitalière, et le tumulte venait des jeunes hommes s'efforçant, cela était visible, d'intimider le conseil. À une minute même, ils rompirent le cercle autour du brasier et se précipitèrent vers notre cabane. Plus de cent hommes des vallées se mirent contre eux et ils durent renoncer. Il me sembla alors qu'ils voulaient reprendre la conférence ; mais le plus imposant des vieillards d'un coup de pied dispersa les bûches et longtemps il parla avec colère sous la lune. Une trêve survint, pendant laquelle notre cabane fut environnée par toute la population du village, tandis que les intrus se retiraient pour camper sur les bords du lac.

Sabine dormait. Je m'approchai d'elle. Sur ses cheveux blonds dénoués, épandus autour de sa tête, il venait un grand rayon pâle, sa bouche exhalait une haleine paisible et je me sentais près de défaillir de tendresse à voir ce suave sommeil parmi l'adorable soie vivante de la chevelure. Je la laissai dormir et je courus à la porte.

Rien n'était changé. Les ravisseurs, là-bas, assis au bord du lac, semblaient attendre le jour. Inquiet de leur présence, j'ouvris la porte. La multitude me regarda dans un silence qui me parut de consternation. L'enfant, mon doux ami, pleurait. Je l'appelai. Il vint, mais hélas ! cette chose qui consternait la foule, qui le faisait pleurer, lui, il ne put me la faire entendre. Tout ce que je crus saisir, c'est que ni Sabine ni moi ne pouvions nous éloigner de la cabane et que les noirs attendaient du renfort.

Qu'entreprendre ? Le fier conseil de tout à l'heure, qui avait évidemment refusé de nous livrer, céderait-il à des renforts ? Pourquoi l'athlète noir et son compagnon campaient-ils, sans être inquiétés, au bord du lac ? Je veillai lugubrement. Le sommeil de ma fiancée me parut semblable à un sommeil dans une prison avec l'attente du supplice. Surtout, je me rendais compte de mon impuissance, je sentais que d'essayer un coup de force ne me sauverait pas et, au contraire, avait toute chance de me perdre.

J'étais depuis longtemps ainsi aux mornes rêveries du malheur et de l'incertitude lorsque Sabine s'éveilla avec un sourire. Elle lut ma désolation sur ma face troublée :

« Robert !… tu souffres ?… tu n'es pas malade ?… »

Je lui exposai les évènements. Elle vint jusqu'à la porte, constata la présence de notre ennemi, puis, quand nous fûmes rentrés :

« Alors, Robert, tu crois qu'ils nous livreront ?

– Peut-être ! »

Le peu de lune venu par le toit suffisait à nous éclairer. Je vis Sabine, les yeux agrandis, farouche, comme une bête poursuivie. Elle se jeta contre ma poitrine. Je l'étreignis, avec quelle débordante passion ! Je baisai timidement son front. Elle se tenait tout près, tout près de moi, son cœur répondait au mien, j'avais contre ma joue sa bouche tiède, et elle me rendit presque fou de douleur, d'orgueil, d'amour, en me disant qu'elle ne voulait appartenir qu'à moi, qu'elle mourrait avant toute offense. Nos âmes vibraient dans un divin accord, et ces minutes sont restées belles dans mon souvenir, malgré les tristes évènements qui les ont suivies.

Nous étions ainsi, serrés l'un contre l'autre, quand le murmure de la foule nous attira vers la porte. Le matin proche, la lune décroissante éclairait encore vivement, mais déjà un lambeau d'ombre traînait sur le lac. La lumière découpait toujours la silhouette des grands vieillards et une autre silhouette où nous reconnûmes l'Homme-des-Eaux clair qui nous avait sauvés de l'enlisement !

Nous ouvrîmes alors la porte, et parmi le murmure sympathique de la foule, avec nos propres cœurs surhaussés d'espérance, nous joignîmes notre ami. Sa physionomie exprima l'affection et la joie, et tous les visages s'éclairèrent de son sourire. Sauf le groupe noir, au bord du lac, la multitude s'émut délicatement à notre gratitude et à sa bonté ; mais elle marqua un véritable enthousiasme quand je pris dans mes bras l'Enfant-des-Eaux et que je le présentai à notre premier sauveur.

X

Retour des clairs

Nous restâmes à attendre l'aube auprès des vieillards, de notre bienfaiteur et de l'Enfant-des-Eaux. La lune frottait de son pâle phosphore le haut du val et pâlissait les étoiles. Bientôt les myosotis de l'aurore gagnèrent l'Orient et un jour très fin, comme passé au crible de pétales de jacinthes, tomba dans le lac. Le soleil n'avait pas encore levé sa face auguste par-dessus les collines qu'une vague formidable roula sur la rivière et que des milliers de corps tombèrent avec la cascade dans le lac.

Sabine se serrait contre moi ; mais je vis au sourire de notre ami clair et à celui de l'enfant que nous n'avions rien à craindre.

Cependant les nageurs abordaient et formaient tout de suite sur le rivage deux groupes distincts d'Hommes-des-Eaux clairs et d'Hommes-des-Eaux sombres. Spontanément, le conseil de la tribu des Eaux-Souterraines se réunit à part, sur un tertre, et la tribu se rangea solennellement autour de ce tertre, puis l'athlète noir avec trois vieillards de sa race se plaça sur le devant du conseil, un peu vers la gauche, notre sauveur et trois vieillards parmi les siens, se posèrent à droite.

J'eus alors une intuition nette des évènements de la nuit et des causes qui avaient changé la consternation de la foule et la douleur de l'enfant en joie et en enthousiasme. Quelques mots firent partager ma conviction par Sabine. Le conseil de la tribu des Eaux-Souterraines, juge du litige, faible et craintif devant ses puissants rivaux, sans l'arrivée des Hommes-des-Eaux clairs nous aurait remis aux mains de l'athlète noir.

Nous assistâmes à la solennité. Non seulement il nous parut que les juges accueillaient la réclamation de notre sauveur, mais que la tribu des Hommes-des-Eaux noirs, probablement lasse de guerre, approuvait cette réclamation. L'athlète, devant la défaveur, se retira. Tous ses compagnons le délaissèrent. Nous fûmes remis à nos chers premiers hôtes, et la population du val nous donna les plus attendrissantes preuves de sympathie.

L'enfant ne nous quittait pas, caressé par Sabine, par moi, par notre ami des eaux. Il souffrait un peu de l'épaule et ses yeux brillants de fièvre nous contemplaient avec une extraordinaire affection. Sa souffrance explique qu'il ne put prendre part aux évolutions aquatiques absolument merveilleuses qui réjouirent les trois tribus.

Notre sauveur clair fut le premier à disparaître sous le lac et, quoique nous nous efforcions, Sabine et moi, de le distinguer parmi les autres, quoique presque tous les nageurs émergeassent de temps à autre pour nous saluer, jamais nous ne pûmes l'apercevoir. Cette singularité nous frappa peu alors.

Nous étions si heureux, si certains d'un bel avenir d'amour et de gloire. Nous ne songions qu'à retrouver Devreuse et le reste de l'expédition, à retourner en Europe. Deux heures coulèrent ainsi.

Nous devisions encore, les doigts entrelacés, lorsque je fus projeté sur le sol avec une force irrésistible, et Sabine saisie, emportée comme une feuille dans un cyclone. Quand je me relevai, l'athlète sombre fuyait avec Sabine dans la direction de la rivière. Il contournait pour cela le lac sur un sentier dont le bord tombait à pic dans l'eau et qui s'adossait d'autre part à une haute muraille rocheuse. L'enfant courait derrière lui. L'homme farouche, à un moment, s'arrêta, intima à l'enfant de s'en retourner. Celui-ci poussait de grands cris. Moi, j'étais déjà sur ses traces, je courais au long du sentier. Quand il nous vit deux et tout le lac en rumeur, il s'arrêta encore. Nos regards se croisèrent. À ses yeux planes, si éloignés des nôtres, je lus la haine jalouse et aussi la terrible fatalité de la passion, quelque chose de profond, de douloureux et de sauvage à la fois.

Il existait, à quelques pas au-dessus du sentier, une étroite corniche où l'on pouvait arriver par un rocher branlant, une de ses pierres tenues en équilibre par hasard et qu'un effort vigoureux déplace. Le plan du ravisseur de Sabine, comme on verra, était de gagner cette corniche ; mais, embarrassé de la jeune fille, il fut rattrapé par l'enfant, et j'arrivais moi-même de toute ma vitesse. Il cria quelque chose que je ne compris pas, et le pauvre petit fit une réponse où je devinai seulement une intrépide colère ; puis, deux minutes de lutte, l'enfant précipité du haut du sentier se fracassant la tête contre la muraille rocheuse. Une formidable clameur de haine, mon cœur, ralenti quelques secondes à l'odieux meurtre, se gonflant, tout de suite après, d'une rage immense, et je me portai vers le redoutable adversaire, suivi de la foule vengeresse. Mais déjà le Sombre avait bondi, escaladé la roche branlante, déposé Sabine sur la corniche et, d'un effort prodigieux de ses jambes, lancé la grande pierre dans le vide, coupant ainsi pour un quart d'heure au moins toute communication entre lui et nous…

L'étroit rebord montait vers la rivière. On voyait l'ouverture du tunnel où le misérable s'enfoncerait tout à l'heure, et j'avais lu dans son regard la résolution des désespérés, le déshonneur, la mort de Sabine, toute l'abomination ! Je m'ensanglantais vainement les poings pour le joindre. La pierre, en tombant, avait laissé une lacune dans le sentier et cela rendait impossible d'atteindre la corniche.

Habiles surtout à manier leur harpon dans l'eau, nul n'osait ici se servir de cette arme, de crainte d'une maladresse où Sabine aurait perdu la vie. L'homme courait toujours, il n'était plus qu'à dix pas de l'ouverture d'ombre. Je voyais ma fiancée pour la dernière fois à la lumière de ce monde !

Dix bras me saisirent au moment où je me précipitais dans le vide par un désespoir insensé : et, comme il arrive dans ces catastrophes où les sens survivent à la pensée, mon ouïe perçut une rumeur singulière du côté du lac, presque aussitôt, la détonation d'une carabine, puis encore une détonation. Mon rival, là-haut, lâchait Sabine (désespérément accrochée en cette même minute à une saillie) et je le vis s'abattre sur les rochers où son corps se brisa sourdement. Un regard vers le lac : Jean-Louis Devreuse, notre chef d'expédition, était debout, très ferme ; et le meilleur tireur de la troupe après moi, Cachal, relevait sa carabine…

De retour au lac de nos premiers amis, nous y vécûmes plus d'un mois encore dans la paix et l'abondance. Les Sombres ne se montrèrent plus, ni les Hommes-des-Vallées intérieures aux grottes. Devreuse nous conta le rôle joué par notre sauveur dans tous les évènements que je viens de décrire. Sabine et moi ne pouvions oublier la mort de notre doux et héroïque Enfant-des-Eaux, et nous le pleurons encore aujourd'hui.

L'expédition commandée par Jean-Louis Devreuse est rentrée à Paris dans les premiers jours de mai 1892, avec des documents précieux qui feront l'objet d'un grand ouvrage. En juin a été célébré mon mariage avec Sabine.

À présent que nous voilà heureux, dans la gloire et le confort de la vieille Europe, souvent, vers les heures du rêve crépusculaire, frileusement serrés l'un contre l'autre, nous avons le regret des contrées admirables où nos jeunes amours ont eu la palpitation d'un drame prodigieux.

Le lion

Le lion

Depuis quinze jours, nous errions dans la vallée du Mahagma. Une rivière la traverse, large et peu profonde ; elle est entrecoupée de marécages. Nous souffrions beaucoup, mais, pour quelque raison dont je n'ai pas la clef, nos fièvres faisaient trêve. On rencontrait peu d'indigènes : ils disparaissaient mystérieusement à notre approche, ne laissant guère trace de leur passage. D'ailleurs ils ne semblaient pas habiter régulièrement la terre ferme : on apercevait de-ci de-là, assez loin sur les eaux, des villages palustres où les habitants accédaient soit à la nage, soit dans des canots d'écorce, longs, frêles et instables.

J'aurais voulu visiter un de ces villages.

La faiblesse de notre contingent, réduit au quart de son effectif, la nécessité d'employer nos munitions avec parcimonie, me dissuadaient de céder à mon désir. Une fois seulement nous essayâmes d'atteindre un îlot où se disséminaient une quinzaine de cahutes coniques. Dès que nous fûmes à portée, des flèches lancées à travers les végétaux nous avertirent du péril. J'aurais peut-être sacrifié quelques cartouches : encore aurait-il fallu savoir où viser, et nous n'apercevions que des roseaux ou de la broussaille. Je me résignai à la retraite.

Cette retraite fut impressionnante, à cause du silence et de l'immobilité de nos antagonistes : ils ne poussèrent pas un cri, ils demeurèrent invisibles. Mon échec fut aggravé, quelques heures plus tard, par la mort d'un de nos hommes, qu'une flèche empoisonnée avait atteint à l'épaule. Nous nous le tînmes pour dit.

Après quelques jours, la région des marécages fit place à la brousse. Certains indices inquiétèrent nos noirs. Moi-même, je n'étais pas fort rassuré. Nous tînmes conseil. Quelques-uns furent d'avis de retourner sur nos pas. Bouglé et Marandon s'y opposaient : ils représentèrent les dangers courus dans le pays des Nyomgos, où la moitié de l'expédition avait péri, et la quasi-certitude que nous avions de trouver une route de retour plus courte, au sortir de la vallée. Leurs objections portèrent : nous nous décidâmes à passer par la brousse. D'abord nous n'eûmes pas à nous en repentir : les traces d'hommes, relevées par nos éclaireurs, remontaient à plusieurs mois. Le soir vint. La brousse s'éclaircissait. Nous arrivâmes dans une savane entrecoupée de buissons ; le campement fut établi auprès d'un tertre, et profitant de l'abondance du bois sec, nous allumâmes un bon feu. Tout était paisible ; nos hommes avaient abattu du gibier ; une source nous fournissait de l'eau pure. Et la pleine lune devait nous éclairer toute la nuit. C'étaient des éléments de sécurité et de bien-être. Nous soupâmes gaiement et nous passâmes une partie du soir à causer. Je me suis rarement couché, pendant ce funeste voyage, avec une telle impression d'insouciance. À voir notre feu étincelant, la lune blanche gravissant un ciel de lazulite, je me promis une nuit de bon sommeil. De fait, je m'endormis tout de suite, et profondément.

Un combat dans la nuit

Des clameurs, des plaintes, des détonations m'éveillèrent. Quand on a beaucoup voyagé, on passe sans trêve du sommeil au réveil. Je vis tout de suite que l'heure du péril avait sonné pour notre malheureuse caravane : une légion d'êtres noirs et frénétiques se précipitait sur le campement. Les premiers n'étaient qu'à une centaine de toises, d'autres surgissaient continuellement ; il y en avait au moins mille et nous étions quarante. Déjà deux sentinelles avaient péri ; la fusillade de nos tirailleurs semblait impuissante. Marandon avait d'abord donné ses ordres aux hommes de garde, il les donnait maintenant aux autres, éveillés comme moi à l'improviste. Nous étions perdus si nous ne parvenions pas à arrêter l'élan des agresseurs : il allait de soi que nous ne le pouvions pas en rase campagne. Il fallait nous retirer sur le tertre.

Marandon l'avait compris ; je n'eus qu'à appuyer ses ordres. Tandis qu'un rideau d'hommes continuait la fusillade, j'entraînai le reste parmi les gommiers. Dès que nous fûmes là-haut, j'ordonnai des salves générales. Un torrent de balles coula. Il fut efficace. L'attaque hésita, tournoya. Il parut évident que si nous avions eu des munitions suffisantes, nous aurions pu repousser l'ennemi, mais « l'arrosage » venait de coûter la moitié de notre stock. Et il n'y avait pas moyen d'interrompre la fusillade. Tout au plus pouvait-on la ralentir. Je commençai par défendre le feu aux mauvais tireurs ; je recommandai aux autres de ménager les cartouches. L'ordre fut obéi : tous comprenaient que le gaspillage c'était la mort. En somme, nous demeurions huit tireurs : les quatre blancs de l'expédition et quatre nègres.

Quoique aucun de nous ne fût de premier ordre, nous savions évaluer les distances et, dans cette masse, c'était tout ce qu'il fallait. Aussi, presque chacune de nos balles portait. Même, une panique se dessina parmi nos adversaires : une centaine d'hommes prirent la fuite. Ils furent ramenés par un chef colossal, qui commandait l'arrière-garde, et les hurlements s'enflèrent, la multitude cendreuse se précipita vertigineusement vers notre tertre :

– Ça ressemble furieusement à la fin ! grommela Marandon.

Bientôt les assaillants se multiplièrent. On avait beau les abattre, les vides se refermaient aussitôt. En même temps, d'autres groupes commençaient à nous cerner. Il ne nous restait qu'à mourir ou à essayer la vitesse de nos jambes. Quelques-uns de nos nègres filèrent comme des antilopes. Deux ou trois tombèrent, devant nos yeux, sous des coups de sagaie : j'ignore quel fut le sort des autres. D'ailleurs, au bout de quelques minutes, toute fuite devint impossible : le tertre était complètement enveloppé.

– Eh bien ! vieux… on va aller voir de l'autre côté de la vie ! s'écria Marandon.

Il me saisit dans ses longs bras et me donna l'accolade. Il s'était fait un grand silence : les tireurs réservaient leurs cartouches pour l'ultime minute. Hélas ! cette minute était toute proche. Une cinquantaine d'agresseurs étaient déjà à mi-hauteur du tertre. Ils hésitaient, l'arrêt soudain de la fusillade leur faisant craindre un piège. Même, quelques-uns nous hélèrent, dans l'intention évidente d'obtenir notre reddition. Si leur langue avait été connue par l'un d'entre nous, j'aurais négocié pour avoir la vie sauve, quoique, au fond, je fusse persuadé que l'on nous duperait. Mais personne ne comprit. Bientôt une nouvelle poussée se produisit ; la fourmilière humaine arrivait au galop.

– Feu jusqu'à la dernière cartouche ! clamai-je.

Ce fut un terrible arrosage. Il restait peut-être cent cartouches – je crois bien que maintes d'entre elles abattirent plusieurs hommes. Malgré cette hécatombe, l'assaut ne subit plus d'arrêt. La multitude infernale se précipitait sur nous et, cinq minutes plus tard, nos noirs gisaient éventrés, décervelés, démembrés…

Une fête anthropophagique

Pourquoi nous n'étions pas morts, Marandon et moi, je ne l'ai jamais su. Je suppose qu'un grand chef avait tenu à nous avoir vivants. Nous n'étions pas indemnes : Marandon saignait de deux plaies à la tête ; moi, j'avais reçu une flèche à l'épaule, un coup de masse sur l'occiput. Aucune de nos blessures n'était pourtant dangereuse et nous comparûmes devant le conseil des chefs, dans un certain état de faiblesse, assurément, mais fermes sur nos jambes.

La scène était fantasmagorique. On avait rallumé notre propre feu, on en avait fait un bûcher où flambaient des troncs d'arbres, et dont la lueur pâlissait les astres : toute la savane était semée de cadavres et de blessés ; des plaintes sans nombre se répercutaient sur le tertre.

Les chefs étaient réunis au nord du feu. Ces chefs figuraient une douzaine de nègres, bien pris dans leur taille, quelques-uns gigantesques, peints de rouge et de bleu, doués de visages parfaitement hideux, dont les mâchoires ne le cédaient guère en pesanteur, en puissance et en volume, à celles des gorilles. Ils montraient des yeux circulaires très mobiles, des lèvres en beefsteaks, des oreilles en anses, de longs crânes durs.

On nous mena devant un vieux à la laine poivre et sel, qui exécuta une sorte de sauterie gastronomique, faisant mine d'arracher nos yeux et de hacher nos membres ; il poussait des beuglements rythmés, que les autres chefs répétaient en dansant une pyrrhique et en entrechoquant leurs sagaies. Cependant, la foule subalterne hurlait comme un troupeau de loups et de chacals. Quand le roi interrompit son exercice, il se fit quelque silence, et nous sentions tous ces yeux ronds fixés sur nous d'une façon « dévorante ». Puis le vieillard prononça une harangue qu'il termina par trois coups de sagaie dans le sol. À l'instant, il descendit du tertre une troupe chargée de cadavres, parmi lesquels nous reconnûmes nos amis Bouglé et Tarnier. À mesure qu'on déposait un des cadavres, les chefs lançaient un appel. Des guerriers s'avançaient un à un, détachaient qui une tête, qui un membre, qui une partie du torse – prélude d'une vaste fête anthropophagique. Ces opérations s'exécutaient dans un silence relatif. Aucun guerrier ne toucha aux cadavres des blancs ; ils furent partagés entre neuf des chefs, sans préjudice d'une portion de viande noire. Quant au vieux et aux deux derniers chefs, ils se contentèrent de se partager un nègre :

– Est-ce qu'ils feraient fi de la chair blanche ? goguenarda mélancoliquement Marandon.

Je lui jetai un regard d'angoisse : c'est que les chefs nous considéraient d'une façon insolite. J'avais un pressentiment. Il ne tarda pas à se réaliser. Sur un cri guttural du vieux, deux nègres colosses s'emparèrent de Marandon et l'allèrent lier à un tronc ébranché de myonnbo. Deux autres personnages s'apprêtaient à me saisir, mais le vieux leur fit un signe ; ils se bornèrent à me pousser dans la direction de mon ami. Quand je fus proche, le vieux cria quelque phrase, tout en agitant une hache de jade à proximité de mon visage, puis il se dirigea vers Marandon.

Il y eut une pause, pendant laquelle les guerriers poussaient de longues acclamations. Elles redoublèrent lorsque le roi se décida à immoler mon ami. Marandon poussa trois cris horribles et, – du moins je l'espère, – mourut sur le coup. Ce fut le signal du festin. Une vaste odeur de viandes rôties se répandit dans l'atmosphère. Pendant plus d'une heure, la peuplade se gorgea de chair humaine.

Seul au milieu de l'Afrique

J'ignorerai toujours pourquoi je ne fus pas mis à mort cette nuit-là. Sans doute étais-je réservé pour quelque cérémonie solennelle. Il est certain qu'on ne me fit aucun mal ; c'est à peine si on m'attacha.

Après une crise excessive d'horreur et d'épouvante, j'étais devenu assez calme. Je m'attendais, certes, à subir le même sort que mon pauvre Marandon, mais j'étais persuadé que ce ne serait pas dans le cours de la nuit ; et la journée suivante me semblait fantastiquement lointaine. D'abord, je ne pensai pour ainsi dire pas ; j'étais saturé d'images et de sensations. Lorsque je me mis à réfléchir, ce ne fut pas, croyez-le bien, à des problèmes philosophiques ; je ne songeais au fond qu'à une seule chose : l'évasion. Mon intelligence la tenait pour impossible : je ne m'obstinais pas moins à en chercher les moyens. Tout en méditant, je défis à peu près mes liens, je les disposai de manière qu'ils tombassent dès que je le voudrais. Puis je me glissai au plus près d'un bouquet d'ébéniers, sans attirer l'attention de mes gardiens, occupés à déchirer leur part de viande. Il ne me restait, provisoirement, rien à faire. Je m'étendis, je feignis de dormir. Après un temps indéterminé, il sembla que mes gardiens avaient cédé au sommeil. Je m'en assurai en esquissant une série de mouvements qui n'attirèrent l'attention de personne. Que l'occasion fût réelle ou illusoire, je résolus d'agir. Mes liens tombèrent, je m'allongeai sur l'herbe, je rampai vers les ébéniers. Deux ou trois individus dormassaient à leur ombre ; les clameurs qui s'élevaient encore auprès du bûcher les empêchèrent d'entendre le bruit léger de mon passage. Par un bonheur inespéré, une herbe longue se présenta dès que j'eus dépassé les arbres. Je m'y engageai, je m'y mis à quatre pattes, je filai éperdument. Quand je fus à une certaine distance du camp, je me redressai… J'ai des jarrets de fer ; de tout temps, je me suis entraîné à la course : l'instinct de la conservation me donnait un supplément appréciable de vigueur et j'étais au moment le plus favorable de la digestion, circonstance plus nécessaire pour une course longue et véloce que pour tout autre exercice…

Bientôt ma fuite fut découverte. Des hurlements s'élevaient, qui me firent encore hâter mon allure. En tournant la tête, je vis une masse de corps sombres qui bondissaient à ma poursuite : il parut évident que la grande majorité des moricauds ne pouvaient lutter de vitesse avec moi. Après un quart d'heure, il y en avait au plus une demi-douzaine capables de m'inquiéter ; après un autre quart d'heure, il n'y en avait plus que trois ; finalement il n'y en eut qu'un seul. Par exemple, celui-là semblait de ma force – et par le souffle et par l'agilité. La partie fut terriblement indécise. Souvent, le nègre gagnait du terrain ; bientôt je lui arrachais son avance. Cela dura longtemps, deux heures peut-être. Mon galop devenait un petit trot tremblant ; mon cœur semblait devoir faire éclater ma poitrine ; mes oreilles sifflaient comme des locomotives ; je sentais les yeux me sortir des orbites. L'adversaire ne devait pas en mener plus large. Il était maintenant seul visible ; s'il m'atteignait, ce serait une lutte, homme contre homme. Seulement, il tenait une sagaie ; tandis que j'étais sans armes. Malgré cela, j'eus plusieurs fois envie de l'attendre, tellement je me sentais épuisé. Cette envie devint presque irrésistible lorsque j'arrivai au pied d'une colline. Je me retournai, prêt à combattre… Mais le poursuivant avançait d'un pas mou, trébuchant, zigzaguant. Ce spectacle me rendit du courage : je me mis à gravir la pente. Et lorsque, après avoir parcouru une centaine de toises, je jetai un coup d'œil à l'arrière, j'aperçus, accident ou pâmoison, le nègre étalé sur le sol et ne bougeant plus. Cette fois, je me vis bien réellement sauvé. Je ne m'accordai du reste aucun repos : jusqu'à l'aube, je traînai ma pauvre machine.

Pendant plusieurs jours, je rôdai à travers un pays sylvestre, rarement entrecoupé de quelque clairière – pays d'ombre, aux nuits humides, pays de bêtes fauves et de reptiles, pays de mystère meurtrier où l'on ne savait si c'était la lumière ou les ténèbres qu'il fallait redouter davantage. N'étais-je pas, en un sens, plus solitaire que Robinson ? Au centre de la formidable Afrique, misérable homme à la face pâle, séparé de ma race par des terres immenses, par des animaux innombrables, par des millions d'individus dont j'ignorais la langue, et pour qui je ne pouvais être qu'un ennemi vaincu, une chair à meurtrir et à déchirer !… Je sentais cela vivement tandis que les serpents coulaient à travers les mousses, les lichens, les racines, les pierres, que quelque panthère ou quelque léopard bondissait sur un arbre, que les singes et les perroquets élevaient leurs clameurs perçantes. Chacun de mes pas était un danger ; le repos était peut-être pire encore. Où me réfugier ? Où serais-je à l'abri de la dent, du venin, de l'étreinte ? Et cependant, ni la panthère, ni le python, ni le lion, ni le rhinocéros, n'avaient encore attaqué ma chétive personne. J'avais entrevu la silhouette souple de la première ; j'avais rencontré le python au bord d'une mare ; j'avais fui le rhinocéros dans une clairière sablonneuse.

L'orage s'amasse au-dessus de ma tête

Le lion seul ne m'était pas apparu, quoiqu'il foisonnât dans cette partie de l'Afrique. Et l'homme non plus n'avait pas encore décelé sa silhouette verticale, l'homme, fauve des fauves, épouvante des épouvantes !... N'allez pas croire que je vivais dans une perpétuelle angoisse. Non ! l'accoutumance exerçait son pouvoir. J'étais triste, j'avais de fréquentes alertes, je souffrais de ma solitude : tout cela était fort supportable ; j'avais même de bons moments, de ces moments de joie sans cause, les meilleurs de la vie, et qui sont si loin de coïncider avec les évènements ! Ce qui m'aidait à supporter mon mal, c'est que je ne souffrais pas de la faim. J'avais assez fréquenté l'Afrique pour connaître maints secrets de nègres : tels arbres me fournissaient une sève sucrée, source d'énergie, tels autres des fruits ; je déterrais des racines comestibles ; je dénichais des œufs. Il y avait abondance de ces choses. D'autre part, ce régime, mieux qu'une nourriture carnée, convenait au climat... En sorte que, si j'avais été un simple animal, je n'aurais pas été trop misérable. Mais pouvais-je m'empêcher de songer, en ma qualité d'homme, au lendemain ?

Le quinzième jour, j'arrivai devant une plaine entrecoupée de faibles hauteurs. J'hésitai longtemps avant de m'y engager ; je craignais d'y trouver enfin mes semblables. Par ailleurs, il me répugnait étrangement de retourner en arrière. Je m'en rapportai donc au hasard et je continuai ma route. Bientôt il devint évident que l'homme fréquentait le terroir ; des traces nombreuses me le certifiaient. Si j'avais pu conserver un doute, l'apparition de paillotes, à l'autre versant d'une colline que j'avais gravie, l'aurait anéanti.

Cette fois, il ne s'agissait plus d'aller de l'avant ; il fallait battre en retraite, sans tergiverser. C'est ce que je fis. Déjà il était trop tard. Une troupe de nègres me barrait le passage. C'étaient des nains, d'ailleurs trapus, les membres bien attachés, et armés d'arcs, de flèches et de sagaies. Je leur fis des signes amicaux : ils me répondirent par une hurlée perçante, accompagnée d'une volée de projectiles. Il n'y avait qu'à fuir ; je le fis avec empressement. Les petits hommes me poursuivirent. Comme leur vitesse était quelque peu proportionnée à leur taille, je gagnai vite du terrain. Après une courte demi-heure, ils étaient hors de vue ainsi que leur village. Je me retrouvais de nouveau dans la solitude et, à bon droit, je me crus sauvé de leurs mains, sans trop oser m'en réjouir, car il y avait d'autres hommes dans le maudit territoire. Je ne tardai pas à m'en convaincre : un deuxième village m'apparut, cette fois au bord d'une rivière. Je le tournai – de fort loin, j'eus la chance de passer inaperçu. Mais quelques heures plus tard, le danger reparaissait, sous la forme de cahutes disséminées sur le flanc d'un mamelon : je ne pus échapper aux regards des habitants. Des hommes, des femmes, des enfants, émergés de toutes parts, accueillirent ma présence par des clameurs farouches où se mêlaient, à dose égale, la surprise et l'hostilité. Il fallut recommencer à fuir, avec des chances fortement décrues par la fatigue. Tout en galopant, je me sentis pénétré d'un profond découragement : quand bien même j'échapperais à ces nouveaux ennemis, est-ce que je n'allais pas en trouver d'autres ? Malgré cette disposition pessimiste, je ne tirai pas moins tout l'effort possible de mes jarrets : ils me rendaient encore une fois, grâce aux jambes courtes de mes persécuteurs, le service que j'attendais d'eux. Je semai graduellement la troupe des nains, je me retrouvai seul dans la prairie. L'aspect du paysage changea : je traversais des sites désolés, des landes sablonneuses ; ensuite les arbres commencèrent à paraître.

Après une nuit passée dans la broussaille, je me remis en route. À plusieurs reprises, je traversai de petits bois. Mais, d'autre part, je retrouvais des vestiges de la présence de l'homme. Je pris toutes les mesures possibles pour rendre mon passage impalpable : il était écrit que je n'y réussirais point. Dans l'après-midi apparut un nègre nain, à la tête cubique, aux yeux tournants. Il s'enfuit à ma vue, avec un cri perçant comme l'appel d'une flûte traversière. Dix minutes plus tard, d'autres nains se montrèrent, une douzaine peut-être, qui se mirent en devoir de me cerner. Pris d'une frénésie de désespoir, je balançai sérieusement entre la mort immédiate et la fuite. L'instinct de conservation l'emporta. Tout d'abord, ma course fut heureuse, comme le jour précédent ; je me crus provisoirement hors d'atteinte. Je n'en ressentis que plus d'amertume, lorsque j'aperçus des nains à ma droite et à ma gauche ; ils avaient l'avance, ils tendaient à fermer la pince pour me barrer la route. D'un élan frénétique je réussis à passer avant que la retraite ne me fût coupée. Par malheur, une de mes chaussures creva malencontreusement. Tout ce que je pus faire d'abord, ce fut de garder ma distance. Je ne le pus pas longtemps, hélas ! La cheville me faisait si mal qu'il fallut ralentir ; les féroces petits hommes se rapprochaient : j'entendais grandir leurs clameurs, sur la signification desquelles il n'y avait pas à se tromper.

Devant le roi des animaux

« Allons ! pensai-je, voilà tes derniers moments… cesse cette lutte lamentable. »

Je continuais cependant à boitiller, je me dirigeais tout droit vers une épaisse bordure végétale, la lisière de la forêt. Je ne sais trop comment je parvins jusque-là. Me glissant à travers des plantes épineuses, qui me griffaient comme mille chats, j'avançais tant bien que mal, perdant à chaque pas un peu d'espérance.

Brusquement, une percée s'ouvrit : je vis un roc, au sein d'une enceinte de myonnbos et, à l'ombre, devant l'entrée d'une caverne, un colossal lion.

– Voilà la fin ! m'écriai-je avec le rire désespéré des vaincus.

J'hésitai une demi-minute entre la mort par le fauve et la mort par les hommes : ce fut la première qui me parut la moins terrible ; au moins le lion ne s'ingénierait-il pas à me torturer. Je me dirigeai d'un pas aussi ferme que le permettait ma claudication, et j'allai m'étendre devant la bête souveraine.

J'avais très peur, mais cette peur était atténuée par le vertige dont parle Livingstone. J'attendais le coup de griffe avec une épouvante bien moindre, j'en suis sûr, que la plupart des condamnés à mort n'attendent la chute du couperet. Au bout d'une ou deux minutes, surpris de n'avoir pas été attaqué, je relevai la tête. Le fauve fixait sur moi ses yeux de feu jaune et vert. Je voyais d'en bas son vaste visage, ses grandes épaules où roulaient les ondes ocreuses de la crinière : je me sentais quelque chose de menu, de chétif, de fragile, qu'un seul coup des lourdes pattes pouvait anéantir… Comme j'étais là, aplati, les premiers de mes poursuivants parurent. À la vue du lion, ils s'arrêtèrent brusquement, puis, n'osant faire un mouvement trop rapide, de crainte d'exciter l'animal, ils battirent en retraite d'un pas assourdi. Il les avait vus, il avait levé la tête ; sa poitrine s'enfla, son rugissement passa sur les ramures comme la foudre sur les nues…

D'abord, le lion sembla vouloir prendre la chasse : il avait bondi. Mais il ne donna pas suite à ce premier geste ; revenant à pas tardifs, il s'approcha de moi.

– « Ça va être dur ! songeai-je. Pourvu qu'il me tue d'un seul coup ! »

Il ne se décidait pas à me détruire ; il avançait les narines, il grondait sourdement. À la fin, il me toucha du bout de ses griffes, avec autant de précaution que l'aurait pu faire un chat. Je me demandais si cette temporisation était plutôt effrayante ou plutôt rassurante. En somme, ma peur décroissait. J'osai considérer la bête ; l'idée me vint de risquer une caresse, et, me dressant sur mes genoux, en évitant tout geste brusque,

j'avançai la main, je la passai doucement sur le flanc roux : le fauve me fixait
d'un œil où je n'apercevais pas ombre de férocité. Mais était-il nécessaire
que le lion fût féroce pour broyer une proie ? N'était-ce pas pour lui
un acte aussi naturel que, pour nous, de dévorer un fruit ? N'importe, la
placidité de son regard me rassurait. Je m'enhardis à lui toucher la nuque, à
gratter la peau de la crinière. Ces caresses furent reçues avec indifférence ;
mais j'avais l'impression qu'elles me familiarisaient avec la bête, chose
capitale lorsqu'il s'agit d'un carnassier qui, de tout temps, a montré des
dispositions sociables. Quoi qu'il en soit, le lion finit par s'étendre. Par
moments, il sommeillait, par moments, il fixait devant lui un regard confus.
Le crépuscule emplit le ciel et la forêt de son illusion écarlate. Les aspects
du monde apparurent magnifiés dans le pays des nuages. Ce ne fut pas le
long rêve de lumière de nos déclins, ce fut un songe bref, une avalanche de
lueurs qui, presque tout de suite, laissa apparaître la rouge étoile Antarès et
la brillante de la Croix du Sud. Alors le lion se leva dans sa force, ses yeux
luirent comme deux lampes électriques ; la menace éclata dans la secousse
de sa tête, distendit ses mâchoires armées de couteaux pâles ; il annonça sa
présence formidable aux ténèbres :

« J'ai reculé pour mieux sauter ! » pensai-je… « Pourquoi irait-il chercher
au loin la proie ? »

Je n'étais plus résigné à la mort. Toutefois, lorsque la mâchoire dévorante
s'avança, je ne fis pas un mouvement. Le lion flaira comme pour me
reconnaître, frotta son échine contre mon épaule, et s'éloigna. Quoique
je n'attendisse pas ce dénouement, je n'en fus guère surpris. Je songeai
nécessairement à fuir ; et, après m'être orienté je me mis en route. À
peine avais-je fait cent pas, que je fus pris d'un accablement étrange :
tous les périls courus dans cette maudite période, depuis le massacre de
l'expédition, se représentèrent à ma mémoire. Je me vis si faible, si désarmé,
si fragile… et celui qui m'avait sauvé de la poursuite de mes semblables
apparaissait si puissant et si redoutable : quelle sécurité si je pouvais vivre
sous sa protection !… J'eus bonne envie de m'en retourner, d'autant plus
que je percevais des bruits inquiétants et des formes équivoques. Pourtant, je
continuai ma route, m'efforçant de garder la direction de l'orient. J'avançai
pendant une bonne heure, tantôt marchant, tantôt rampant, lorsque j'entendis
un grondement dans l'ombre. Je voulus me cacher ; il était trop tard : deux
prunelles dardaient sur moi leurs lueurs de lampyres !… Croiriez-vous que
je fus moins effrayé qu'indigné contre moi-même ? Je jugeai que j'étais
justement puni d'avoir voulu m'enfuir dans la nuit noire, au lieu de me
terrer dans un repaire que l'odeur seule du lion suffisait à protéger contre
l'approche des autres fauves. Et le cœur navré, j'attendis les évènements. Les
yeux de phosphore s'approchaient, un grand souffle s'élevait à mesure… et

depuis un moment j'avais reconnu, malgré l'ombre épaisse, la silhouette du lion. Bientôt le fauve fut proche, il me frôla, il poussa son mufle contre ma poitrine : avec une joie violente, je compris que c'était lui, le souverain de la solitude, mon protecteur… Ce fut sans crainte aucune que je passai ma main dans sa crinière, et je le suivis avec un sentiment de sécurité parfaite. En route il ramassa une proie qu'il avait abandonnée pour me rejoindre, le cadavre d'un petit sanglier. Comme il connaissait mieux que moi la route (il avait lui-même contribué à la frayer), en moins d'une demi-heure, nous fûmes au repaire.

Une amitié formidable

Je dormis bien, et lorsque je m'éveillai, j'eus à peine un frisson en me voyant couché près de la formidable brute jaune. La journée se passa tranquillement, et de même toute la semaine. Une intimité croissante m'unissait à mon hôte. C'était un animal intelligent, avec quelque chose de la nature affectueuse du chien.

Jusqu'à un certain point, il était tyrannique : je devais l'accompagner la nuit à l'embûche ; il ne me permettait pas de m'éloigner seul de la caverne. En retour, il subissait certains de mes caprices ; il me laissait toujours prendre ma part du butin avant de se mettre à le dévorer. Au reste, je lui rendais des services : moins habile à découvrir individuellement la proie, j'avais plus de sagesse pour choisir le lieu de l'embuscade, et d'autre part, je faisais sa toilette, je le débarrassais des insectes, je maintenais sa peau en bonne santé, soins dont il se rendait compte et dont il éprouvait une notable satisfaction. Peu à peu, je m'étais fabriqué des armes : une lance à pointe de granit, une hache, une massue, un arc et des flèches. Depuis trois ans que j'explorais l'Afrique, je m'étais souvent appliqué au maniement d'armes de toute espèce : je n'y étais pas maladroit. J'arrivai donc à fournir ma quote-part au repas, et par suite à dispenser mon camarade de mainte expédition : il ne demandait pas mieux, étant de nature paresseuse. Le difficile fut de lui faire admettre le feu. La première fois que je parvins à allumer un petit bûcher, il fut saisi de peur, puis de colère, il vint à moi avec son rugissement des mauvais jours. Mais j'avais appris à lui parler. Je poussai l'exclamation par laquelle je lui exprimais ma joie et mon amitié ; il se radoucit, considéra le feu avec méfiance, grogna pendant un petit quart d'heure… Le lendemain, même scène, quoique moins vive ; le surlendemain, un simple froncement de sourcils, – puis l'habitude lui rendit familière cette chose étincelante et palpitante où je rôtissais chairs, fruits et racines.

Nous vivions dans une sécurité profonde. Il se trouva que les habitants du pays ne pratiquaient pas la chasse au lion, quoiqu'ils lui dressassent parfois des pièges. Je pense que l'insuffisance de leur stature et une faiblesse musculaire que n'accusait pas leur structure trapue, en étaient cause. Ils avaient les mains très petites, proportionnellement plus petites que leur taille ; ils n'employaient que des armes et des outils exigus. La portée de leurs arcs, mal construits, était des plus médiocre : pour attaquer le lion, ils devaient le faire de très près et courir, au moins pour une bonne partie des leurs, à une mort assurée. Si encore ils avaient été en grand nombre ! Mais ils vivaient par clans, et ces clans, sans trop se faire la guerre, se haïssaient et n'empiétaient que rarement sur le territoire les uns des autres. Parmi les clans proches de notre forêt et ceux qui habitaient les grandes clairières, il n'y en avait aucun qui réunît plus d'une trentaine de chasseurs. Tout cela, outre une bravoure naturelle plutôt limitée, perpétuait la terreur du lion : la légende voulait que ce carnivore fût invincible ; ai-je besoin d'insister sur la puissance de la légende parmi les hommes primitifs et même civilisés ? Elle s'accrut encore, cette puissance, lorsque des Nvoummâ aperçurent de compagnie l'homme pâle et le félin. Notre voisinage apparut calamiteux : les clans émigrèrent. Et l'histoire merveilleuse se répandit au loin, si bien que j'aurais pu circuler impunément auprès des villages et même y pénétrer : la population eût fui à mon approche. Aussi, pendant une année, n'eus-je aucune espèce de rapport avec les hommes.

Cette année fut peut-être la plus heureuse de mon existence, − la seule où je connus l'incomparable joie de vivre pour vivre, la seule où j'ignorai l'effrayante maladie de la prévoyance, qui est le payement de la civilisation. Oui, je vécus, et ce fut tout, et ce fut prodigieusement beau. Je vécus avec la brute, et la brute non seulement ne montra ni colère ni mécontentement, mais elle sut faire partager son affection par la lionne qui vint plus tard et par les lionceaux qui naquirent dans notre caverne. Même, j'exerçai sur ces hôtes nouveaux une autorité qui crût d'une manière indestructible, tandis qu'il y eut toujours égalité dans mes rapports avec Saïd .

Un bienfait n'est jamais perdu

Je vivais donc heureux. J'eus la sottise de ne pas le reconnaître ; j'imaginai qu'il me fallait revoir les hommes de ma race. Si du moins j'avais eu de la famille ! Mais point ! Il me restait tout juste un oncle pour qui j'étais moins intéressant qu'un cigare, et un cousin qui m'exécrait. Quant aux amis, je n'en avais eu réellement que deux, – et tous deux étaient morts. Néanmoins, je me persuadai qu'il fallait songer au retour. Et j'y songeais, – mollement. Ce fut la cause qui me fit refaire connaissance avec mes semblables. Un incident y aida. Un jour que je rôdais seul autour de mon domaine, je vis un Nvoummâ couché sur le sol. Cet homme, à mon approche, essaya de se lever et de s'enfuir, mais il était blessé aux jambes : il retomba. Comme la plupart des sauvages, il savait se plier à la fatalité. Puisqu'il ne pouvait se défendre, il se résigna, il attendit, immobile, le coup que j'allais lui porter. Je tâchai de lui faire comprendre, à l'aide de signes, que je ne lui voulais aucun mal. Comme j'avais beaucoup pratiqué cette sorte de langage, je parvins à lui inspirer un peu de confiance. Petit, comme tous les hommes de sa race, et très grêle, il ne devait guère peser plus qu'un enfant. Je m'en convainquis en le soulevant ; je le transportai au bord d'un ruisseau où je le fis boire, et où je le pansai avec quelques feuilles aromatiques. Ensuite, je le repris dans mes bras et, suivant ses gestes, je le portai dans la direction du nord où se trouvait sans doute son village. Le hasard nous favorisa : en route, nous aperçûmes, venant dans notre direction, des hommes de sa tribu. Il les héla, tandis que je leur faisais signe : saisis de stupeur, et sans doute de crainte, ils s'arrêtèrent. Je ne m'amusai pas à essayer de les rassurer ; ma tâche étant finie, je déposai mon fardeau dans les herbes et m'éloignai à grands pas. Je ne pensais pas que le blessé se souviendrait de moi. Mais il faut croire que les Nvoummâ sont reconnaissants, car ce petit homme, dès qu'il fut guéri, n'eut pas de cesse qu'il ne m'eût rencontré et, avec une confiance absolue, une confiance de sauvage, il vint se jeter à mes pieds un après-midi que je pérégrinais dans la prairie. Je le revis assez souvent pour apprendre sa langue, – une des langues les plus rudimentaires qui soient, car, plus mimique que parlée, elle comporte une cinquantaine de termes.

Une séparation qui
ne pouvait durer

Il arriva que tantôt l'un, tantôt l'autre ses compagnons de clan le suivirent, d'abord à distance, puis de près. Ces relations se resserrèrent ; je devins un ami de tout le village, ou plutôt un fétiche – car ces gens ne purent jamais considérer comme leur égal le grand individu pâle qui vivait avec les lions. Ma réputation se répandit à travers toute la race, si bien que je recevais des nouvelles de pays assez lointains. C'est ainsi que la rumeur publique me vint apprendre qu'une caravane, guidée par des hommes pâles, avait fait son apparition de l'autre côté de la forêt, le long du fleuve Oumgo. Quoique je me crusse décidé à retourner en Europe, je passai plusieurs jours dans une incertitude mélancolique. Maintenant que j'allais pouvoir le quitter, je sentais combien mon grand lion m'était devenu cher : j'espère ne scandaliser personne en disant que, en dehors de ma mère et de mon père, je n'avais eu autant d'affection pour aucune créature. Je souffrais véritablement à l'idée de l'abandonner ; je savais que je souffrirais plus encore lorsque je ne le verrais plus. Puis je m'étais profondément attaché à cette terre. Si encore j'avais pu emmener mon fauve camarade ! Hélas ! c'était impossible ; c'eût été une cruauté et une trahison. Néanmoins une force impérieuse me dominait – où, plus que le désir de revoir mon pays, je découvrais je ne sais quel sentiment du devoir. À la fin, je me décidai. Je partis, les larmes aux yeux, un matin, alors que le lion dormait. Pendant dix jours, je marchai à travers la contrée d'arbres ; je ne découvris pas trace de caravane. Le onzième jour, je trouvai une pirogue abandonnée, et je pensai que je gagnerais du chemin en m'y embarquant. Le courant était assez rapide quoique égal. Je naviguai une demi-journée sans incident notable. Mais dans l'après-midi, comme je contournais un îlot, j'entendis le rugissement d'un lion. Je me tournai. Ma stupeur et mon émotion furent extrêmes lorsque j'aperçus Saïd : je l'eusse reconnu au milieu d'un peuple de lions, tellement chacune de ses formes, chacun de ses mouvements m'étaient familiers. D'où venait-il ? Comment avait-il joint ma trace, comment savait-il que j'étais sur le bateau – ce sont là les mystères de l'instinct, plus insondables pour nous que ceux de l'intelligence. Il bondissait sur la rive, il s'efforçait de gagner l'embarcation de vitesse. Il y réussit aisément, quoique la rapidité du courant fût extrême. Mais comme tous ses congénères, il ne pouvait tenir longtemps la course, à cause de la flexibilité de son épine dorsale. Bientôt la distance resta stationnaire, puis elle augmenta.

Je ne sais quel sentiment m'empêcha de suivre tout de suite l'élan d'affection et d'attendrissement qui me commandait d'atterrir ; sans doute cette force d'inertie qui nous oblige à poursuivre les choses commencées, et qui est plus forte encore chez les hommes d'action que chez les autres. Saïd poussa un rugissement si prolongé et si lamentable que je ne pus m'empêcher d'y répondre par notre cri de ralliement. Comme le canot m'emportait, il éleva des clameurs nouvelles, et brusquement il se jeta à l'eau, il essaya de me rejoindre à la nage… Je n'hésitai plus ; je me dirigeai vers la rive. Et je vous assure que la minute où Saïd se lança sur moi, au risque de m'écraser, et où sa langue râpeuse caressa mon visage, fut égale en émotion aux minutes les plus saisissantes de ma vie.

Cependant je ne voulus pas retourner dans notre forêt. L'Occident et le Nord m'attiraient invinciblement. Saïd me suivit d'abord avec une vive répugnance. À la longue, il s'accoutuma à l'existence nomade. Nous voyageâmes, tantôt par d'affreuses solitudes, tantôt par la forêt et tantôt contournant des villages nègres. Comme nous marchions presque toujours de nuit, nos risques étaient de beaucoup diminués : les nègres ne sont pas, en général, des chasseurs nocturnes. De plus, dans les ténèbres, l'instinct de mon compagnon déployait ses ressources ; moi-même, j'avais fortement développé mes sens et mon intuition pendant nos randonnées.

Une nuit, nous étions à la recherche d'un abreuvoir. Comme nous n'avions rien bu depuis quinze heures, notre soif était vive. Saïd explorait la lande d'un air morose. Une demi-lune cuivreuse descendait parmi les constellations.

La solitude élevait ses voix sinistres. On sentait partout la terreur et la férocité. La vie m'apparaissait dans les pénombres comme un perpétuel mensonge, comme un piège sans fin. Aucune bête qui n'eût la préoccupation de tromper sur sa présence, – l'une pour fuir la dent et la griffe, pour éviter d'être engloutie, toute palpitante encore, l'autre pour capturer la chair et le sang dont elle tissait ses muscles. Malgré le voisinage de Saïd, le frisson de la mort me passait parfois sur l'échine : il suffisait de si peu pour anéantir ma chétive structure… Nous avancions cependant ; la soif nous tourmentait davantage ; et je commençais à m'énerver, lorsque Saïd poussa un rauquement joyeux. Je le connaissais assez pour savoir que l'eau devait être proche. Elle ne tarda pas à paraître. C'était, parmi des palmiers, une petite nappe qui vacillait faiblement. La source, à peine jaillie de terre, y rentrait par une fissure. À notre arrivée, un sanglier grogna et s'enfuit ; une panthère bondit parmi les feuillages ; des chacals s'écartèrent. Je m'avançais dans l'ombre de Saïd, participant de sa force et de son dédain. Nous buvions sans hâte, dans une sécurité profonde, lorsqu'un rugissement se fit entendre. Et nous sentîmes que nous n'étions plus les maîtres de la solitude. Celui qui jetait, là-bas, sa menace à travers l'étendue, était un dominateur des forêts, des brousses et des sables. Mon grand lion s'était dressé. Ses yeux luirent, globes de béryl trempés de phosphore ; la peau de son visage houla, et sa crinière frissonnait ainsi qu'une onde. Un second rugissement ébranla l'espace ; Saïd, de toute son énergie, y répondit. Ce fut une minute des vieux âges, alors que l'homme était encore une créature négligeable. Comme firent, pendant les millénaires, nos ancêtres, c'est aux arbres que je songeai pour conjurer le péril : je réussis à me hisser sur un palmier avant que l'ennemi apparût. Quoique l'épouvante fût encore au fond de mes os, déjà une curiosité sauvage m'envahissait. Qui ne garde au fond de soi quelque chose de cette âme qui précipitait les Romains vers le cirque ? Ce n'est pas seulement, comme on l'a si souvent prétendu, de la férocité ; il s'y mêle un instinct longtemps indispensable, une admiration et une curiosité de la force, qui n'ont pas pour principe la cruauté, mais plutôt l'amour de la vie, de la vie magnifiée et courageuse. En écoutant rugir mes deux lions, je ne pensais ni au sang ni aux souffrances : je sentais la beauté des grands fauves et que cette beauté n'aurait pu naître sans lutte… Comme je rêvais ainsi, un pas où l'on percevait ensemble la force d'une structure massive et la légèreté de muscles flexibles, commença de s'entendre. Les herbes sifflèrent, le sol craqua ; je vis surgir un lion noir dans un rai de lune. C'était un félin trapu, à l'aise dans sa fourrure sableuse, moins haut que Saïd, avec une rude crinière semée d'ombre. Devant la stature et la face menaçante du rival, il s'arrêta. Tous deux se considérèrent, avec la patience et la ruse de leur race. Le sentiment de n'être pas sur son territoire de chasse faisait hésiter Saïd. Il attendait l'attaque au lieu de la mener. Le lion noir, au contraire, avait l'impression d'un droit ; il en tirait certaine confiance. Il recula plusieurs fois, ploya sur ses pattes musculeuses et bondit. Saïd ne reçut pas directement l'assaut, son instinct connaissait trop bien le désavantage de l'immobilité. Il se jeta sur le côté et tenta de saisir le flanc de l'antagoniste. Mais le lion noir se tourna à temps ; les griffes se rencontrèrent. Mêlée impétueuse et colossale ! Je vis tournoyer ces vastes structures, étinceler les crocs en poignards et s'emmêler les crinières. Les blessures béèrent, le sang ruissela. Attaqué de flanc, Saïd fléchit vers la source, et dut rompre le contact. Je crus que la bête sombre et trapue allait l'emporter sur le grand lion jaune. Mais d'un mouvement vertigineux, mon compagnon reprit l'attaque. Le lion noir fléchit, ses pattes s'embrouillèrent, des mâchoires implacables lui ouvrirent la gorge ; deux coups de grille firent jaillir les entrailles. Ce fut une agonie retentissante. La voix du lion noir roula comme le tonnerre sur les nuées ; puis, ce fut le grondement d'une cataracte ; puis, un halètement sourd tandis que Saïd continuait à déchirer les muscles, à disjoindre les os et transpercer les entrailles…

Les blessures de mon lion, plus larges que profondes, guérirent assez rapidement. Après quelques semaines, il n'y paraissait plus. Nous continuâmes notre voyage, sans qu'il nous arrivât rien de notable, jusqu'à l'aventure de la caravane.

Entre nègres et maures

Ce jour-là, nous nous arrêtâmes sur le penchant d'une colline, aux confins de la brousse et du désert. Le vaste soleil cramoisi venait de crouler à l'occident, comme une fournaise qui s'effondre. La lune, tout aussi vaste, couleur de corail et de cuivre, jaillissait dans une échancrure lointaine. Elle éclairait des terres rudes, sèches et menaçantes. Un vent chagrin s'abattait ; il se heurtait à la colline avec des plaintes et des balbutiements ; il roulait sur le désert rouge, soulevant les sables et se rompant sur les granits. Dans le firmament de nacre légère et de saphir épais, les étoiles avaient peine à naître. On n'apercevait que les plus grosses, vacillantes et comme enfouies dans des conques perlées.

Nous avions faim. Saïd s'était mis en embuscade, dans un massif d'ébéniers, flairant la gazelle ou l'antilope. De mon côté, je guettais la nuit, lorsque des bruits lointains me parvinrent. C'était de l'autre côté de la colline. Une fusillade crépitait, tantôt par salves, tantôt par détonations solitaires. Je me rappelai ce soir sinistre où notre expédition avait été exterminée par les anthropophages. Et d'abord, si absurde que parût une telle conjecture, je me figurai que des Européens luttaient contre des indigènes. La nature même de la fusillade me détrompa. Elle ne ressemblait en rien au tir rapide des armes modernes ; elle n'en avait ni le son ni le rythme.

La sagesse me conseillait de m'enfoncer dans les solitudes. Mais l'homme, s'il n'est pas maître de sa destinée, l'est encore moins de sa propre personne. Dans cette vie brève, chacun d'entre nous est son pire ennemi, – un ennemi auquel on n'échappe point !

Au lieu de m'éloigner, je montai la colline, suivi du lion.

Pendant notre escalade, la fusillade devint plus vive ; elle se ralentit lorsque nous arrivâmes en vue des combattants. Je vis, sur un terrain nu, semé de rocs, deux groupes d'hommes, très distincts dans la clarté de la lune.

Réfugiés entre deux blocs, et protégés par un tertre, une douzaine de personnages vêtus à la mode targui, masqués par les deux voiles, – le nicab qui descend du front et ombrage les yeux, le litham qui couvre le bas du visage, – épuisaient leurs munitions à se défendre contre soixante-dix à quatre-vingts nègres qui les cernaient et qui resserraient leur cercle d'investissement en se glissant de roc en roc, de saillie en saillie. Les agresseurs ne comptaient que peu de fusils ; armés pour la plupart de couteaux, de sagaies, de massues, ils avaient perdu du monde. De leur côté, les assiégés comptaient quelques morts ou blessés. L'issue de la lutte ne semblait pas douteuse. Lorsque les nègres seraient assez proches, il leur suffirait de s'élancer à l'assaut.

Quand je me fus rendu compte de cette situation, je pris la louable résolution de me tenir tranquille, mais je ne pus me résoudre à fuir. Caché parmi les végétaux, côte à côte avec Saïd, qui paraissait concevoir la nécessité du silence et de l'immobilité, j'attendis la fin de l'aventure.

Toutes mes préférences allaient aux assiégés, – d'abord à cause du sentiment qui nous porte à prendre, du moins dans notre cœur, le parti du plus faible ; ensuite parce que tant de mois passés loin des hommes de ma sorte, me les rendaient plus sympathiques. Dans ces immenses solitudes, les personnages vêtus du costume targui me représentaient la race blanche ; ma poitrine palpitait pour eux de crainte et d'enthousiasme. Si j'avais eu un fusil à tir rapide, avec les munitions nécessaires, rien n'aurait pu m'empêcher d'intervenir immédiatement. De minute en minute, mon excitation croissait ; elle devenait frénétique…

Cependant, plusieurs groupes de nègres étaient arrivés à une distance assez courte. Tapis derrière des blocs ou dans un pli du terrain, ils attendaient, soit l'instant favorable, soit quelque commandement de leur chef. Soudain, une clameur énorme s'enfla et, dans un rush, les noirs donnèrent l'assaut. Il leur en coûta. Dans cette masse furieuse, les assiégés tiraient presque à coup sûr. Plus nombreux, ou pourvus d'armes modernes, ils auraient pu briser l'attaque. Mais quoiqu'il y eût du flottement, les nègres ne s'arrêtaient point. Bientôt, les plus proches fondirent sur les blancs : il y eut une lutte effroyable ; chaque assiégé se défendait contre une grappe d'ennemis, tel un cerf à l'hallali.

C'est dans ce moment que je fus pris de folie. J'oubliai positivement la distinction entre le moi et le non-moi ; le danger s'effaça dans mon imagination et dans mon instinct. Je ne vis que cette faible troupe écrasée par le nombre. Et, jetant un cri farouche, je dévalai à grands sauts la pente. Je n'étais pas seul : le lion m'avait suivi d'abord, précédé ensuite. Parfois il s'arrêtait pour m'attendre, levait sa tête énorme et poussait un rugissement qui roulait sur le désert comme la foudre parmi les nuages.

Notre apparition produisit un effet formidable. Les nègres ne se rendirent pas un compte exact de ce qui se passait : l'alliance d'un lion et d'un homme dut leur paraître quelque chose de surnaturel. Peut-être, malgré tout, nous eussent-ils attaqués, mais leur besogne était finie. Ils avaient assommé les blancs, assemblé les méharis, les chevaux et les femmes : seules trois créatures humaines et quelques bêtes avaient rompu le cercle de mort. Les nègres firent mine de les poursuivre, mais un rugissement les inquiéta : ils préférèrent se contenter du butin acquis et battirent en retraite, tandis que je me portais vers les fugitifs.

Une double intervention
sensationnelle

Ils s'étaient arrêtés, incertains. Mon intervention ne leur paraissait pas moins extraordinaire qu'elle n'avait paru aux noirs : étais-je un ami ou un ennemi ? Accourais-je pour prendre ma part de l'aubaine ou agissais-je par sympathie pour les vaincus ? Et quand même ceux-ci auraient eu confiance en moi, ne devaient-ils pas se défier du sauvage compagnon dont quelques coups de griffe et quelques morsures suffiraient à les anéantir ?

Je compris leur perplexité. J'arrêtai Saïd de la voix et du geste. Il obéit de bonne grâce ; il se coucha, dans la posture qu'il prenait aux embuscades. Je fis alors des signes amicaux aux fugitifs et je leur adressai quelques mots en arabe.

Ils ne se rassurèrent pas tout de suite. Immobiles, ils nous observaient. C'étaient deux hommes et une femme, ou une jeune fille : outre la distance, les deux voiles dont l'un allait jusqu'aux sourcils et dont l'autre montait près des narines, ne permettaient guère de discerner leurs traits.

Comme ils n'avaient plus d'armes, ils étaient à ma merci. Je n'avais qu'à les attaquer, pour que le lion se jetât sur eux et les déchirât. Ils devaient le savoir ; ils attendaient l'évènement avec le patient fatalisme des gens de leur race. À la fin, l'un d'eux, d'une voix gutturale, répondit quelques mots dans un arabe désertique. Je n'entendis qu'une partie de ce qu'il disait, une sorte de bienvenue, où s'intercalait, comme de juste, le nom d'Allah. Je répondis par une salutation, j'assurai que je venais en ami. Puis, j'approchai hardiment, suivi de Saïd.

Maintenant, je pouvais voir distinctement les yeux et le nez des inconnus. Le plus grand, vêtu d'un costume sombre, que quelques détails différenciaient du costume targui, montrait un nez en yatagan, des yeux roussâtres, des paupières que l'âge avait mâchurées, un coin de barbe blanche semée de fils noirs. De stature haute, svelte, il était très maigre. Le second, plus court, mieux fourni en muscles, la poitrine élargie, ouvrait des prunelles violescentes, sous des sourcils en surplomb ; malgré le hâle, sa peau s'annonçait mate et pure. Quant à la femme, elle me parut à peine adolescente avec ses yeux immenses, où brûlait la jeunesse et où palpitait la fraîcheur, avec son nez droit, aux ailes délicatement tracées et vite émues, avec son teint qui, dans l'argenture lunaire, paraissait pétri des pétales du lis et de la substance des coquilles nacrées. Il émanait d'elle une séduction ardente et fine, qui tenait à la qualité de sa vie.

Elle tremblait visiblement. Ses petites mains se contractaient avec des pulsations rapides. La peur du massacre était encore sur elle ; l'approche de mon lion éveillait une épouvante neuve.

– Ce n'est rien, dis-je en parlant très lentement pour rendre mon mauvais arabe plus intelligible… Le Seigneur à la grosse tête ne fera de mal à personne.

Elle me regarda avidement, d'un air effaré ; une même expression se marquait dans les yeux du jeune homme. Mais le plus âgé avait compris. Il répondit, aussi lentement que moi :

– Ma nièce a peur ! Ne peux-tu éloigner le lion.

Je me tournai vers Saïd et je passai ma main dans sa crinière. Puis, l'attirant et le guidant, je m'efforçai de le lancer vers le cadavre d'un cheval qui était venu s'abattre non loin de nous. Il se laissa faire ; mais quand je revins vers le groupe ; il me suivit. Sa méfiance était visible : il dardait ses énormes prunelles sur ces personnages, prêt, au premier signal, à les terrasser.

– Il a peur pour moi ! remarquai-je…

– Allah est Allah ! répondit sérieusement le vieil homme.

Et il jeta sur la bête un regard où l'admiration commençait à se mêler de quelque confiance. Quoique les jeunes gens fussent moins rassurés, cependant la docilité du lion les frappait.

– Oui, répondis-je, Allah est grand !… Il a voulu que ce lion sauvât votre vie. Pourquoi redouteriez-vous votre sauveur ?

Je répétai cette belle phrase de cinq ou six manières différentes, faisant appel à tous les synonymes qui voulurent bien se présenter à ma mémoire. À la fin, l'idée se précisa dans la tête du vieillard, qui en fit part à ses compagnons. Elle parut produire d'excellents effets. Le jeune homme montra par son attitude qu'il s'en rapportait au Rétributeur ; la jeune personne trembla moins fort.

Il y eut un assez long silence. Les yeux noirs et les yeux roux, après avoir guetté le lion, se reportaient sur moi, avec ébahissement. J'étais une énigme. Pourquoi étais-je accouru, où avais-je dompté ce lion, d'où arrivais-je ? Cela pouvait bien leur sembler fantastique. Chacun des deux hommes l'exprima en répétant :

– Allah est grand !

Puis le vieux demanda :

– Après le Rétributeur, c'est toi qui nous as conservé la vie ? Béni sois-tu, toi, tes parents et ta descendance !

Je répondis gravement :

– Le seul Dieu a tout fait !

Ces paroles leur plurent ; le vieux hocha une tête approbative et sourit.

– Il faut fuir d'ici, les nègres reviendront, ajoutai-je.

Nous jetâmes tous quatre un long regard sur la plaine. On apercevait, dans le clair de lune bleu, trois chevaux et deux méharis rôdant à grande distance. Tantôt ils approchaient, inquiets d'être seuls dans le désert, flairant l'émanation des maîtres, et avides de leur provende du soir ; tantôt, au contraire, ils fuyaient, effarés par l'odeur du fauve.

– Il faut reprendre ces bêtes ! répondit le vieillard, puis des armes et des provisions.

Aucune objection sage ne pouvait être opposée à ces paroles.

Mais un obstacle sérieux nous séparait des animaux. Tous nos regards convergèrent, dans une même pensée, vers le Seigneur à la grosse tête qui rauquait en secouant sa crinière. Comment réunir et faire voyager de compagnie les craintifs herbivores et le fauve pour qui ils ne cesseraient d'être un objet de convoitise ?

Allait-il falloir quitter mes nouveaux compagnons ? Cette pensée m'attristait ; il me sembla qu'elle n'était pas agréable non plus aux autres : sous l'impression de leur fabuleux sauvetage, ils craignaient visiblement de me perdre alors que le péril était menaçant encore.

– Le lion dévorera ce cheval, déclarai-je. Pendant ce temps, tâchez de vous emparer des chevaux et des méharis et de les entraver .

– Nous les entraverons ! fit le vieillard.

Tandis que je dirigeais mon lion vers la carcasse du cheval, les deux hommes et la jeune femme s'éloignèrent.

Le lion a la réputation de ne pas aimer les cadavres. Je crois que c'est vrai lorsque les cadavres sont « rassis », et complètement faux pour les proies fraîchement tuées. C'est alors une aubaine que le Seigneur à la grosse tête n'a aucune raison de dédaigner. En se trouvant devant un cheval qui tressaillait encore par intervalles, et dont les blessures répandaient un sang généreux, mon camarade ne fit guère de façons. Il acheva la victime en lui ouvrant la jugulaire et se régala bruyamment. La bête était savoureuse et tendre ; après la vieille antilope coriace dont il avait fallu se contenter la veille, c'était un festin.

J'assistai d'abord à la scène, puis je crus pouvoir m'éloigner. Saïd leva la tête, indécis. Mais voyant que les êtres suspects étaient à distance et rassuré par ma voix, il replongea son mufle dans la chair sanglante ; je pus me rendre jusqu'à la place où s'était fait le massacre.

Une douzaine de Touareg (étaient-ce bien des Touareg ?) gisaient sur le sol, ignoblement mutilés ; presque tous avaient le ventre ouvert et les entrailles éparses ; plusieurs crânes répandaient leurs cervelles ; maints yeux, arrachés des orbites, pendillaient sur les joues sanglantes. On voyait aussi quelques carcasses de noirs, trois corps de femmes tuées par erreur ou parce qu'elles avaient résisté.

La vue de ce charnier m'arracha un cri de dégoût ; mais je ne perdis pas de temps à m'attendrir. Mes yeux cherchaient les armes, les munitions, les provisions que les pillards avaient nécessairement abandonnées, dans leur hâte à battre en retraite. Il y en avait plus encore que je ne l'espérais ; des couffes, des sacs, des boîtes, des sabres, des poignards, trois fusils, et même, dans un repli du tertre, quelques sacs de poudre et du plomb. En somme, de quoi nourrir hommes et bêtes pendant une bonne semaine et de quoi se défendre contre des périls imprévus.

À tout hasard, je m'emparai de deux fusils, d'un sabre bien affilé, d'un excellent poignard, de toute la poudre, d'une petite provision d'orge, de dattes, de sel.

— Voilà, me dis-je, quelques bons, arguments à ajouter à ceux qu'expriment les griffes et les dents du camarade.

Ainsi songeant, je sortis du fort et m'en fus rejoindre le lieu du festin. Le lion poursuivait sa besogne. Il marqua quelque satisfaction en me voyant de retour et sembla m'inviter à prendre place à table, puis il se reprit à ronger une cuisse.

Là-bas, deux hyènes ricanaient, une compagnie de chacals faisaient entendre leurs clameurs plaintives. Je cherchais les silhouettes humaines. Elles m'apparurent, loin, en même temps qu'un groupe massif, qui se composait des chevaux et des méharis.

— Mon vieux Saïd ! fis-je en tapotant le crâne épais du lion, tu es bien gentil, mais tu ne contribues pas à faciliter les affaires.

Saïd leva la tête et darda sur moi les phares glauques de ses yeux. C'était un regard d'amitié, qui eût suffi à terrifier une tribu de nègres.

— Mange ! repris-je en lui poussant doucement la tête vers la proie…

Il ne demandait pas mieux ; il se remit à savourer la chair fraîche, à déguster le beau sang rouge, et il ne bougea point lorsque je me dirigeai vers mes nouveaux amis. Ils m'accueillirent avec leur flegme natif, mais avec une satisfaction évidente, surtout chez la jeune femme, dont les paupières et les lèvres sourirent : je sentis mieux le charme ténébreux et flamboyant de ces yeux, cette lumière qui évoquait tant de choses très antiques, tant de légendes nées à l'amont des âges, lorsque la terre était plus neuve et le soleil plus vaste !

Le vieillard me montrait les méharis et les chevaux entravés :

– Qu'allons-nous faire ?

– Il faut, répondis-je, que vous me précédiez tous trois, après avoir pris ce qui reste là-bas d'armes et de provisions. Vous me laisserez un cheval. Je vous suivrai à quelque distance. Peu à peu, j'espère, nous pourrons habituer le lion à vos personnes.

Et j'ajoutai :

– Je ne connais pas encore vos noms.

– Je suis Oumar-Koutou ; celui-ci est mon neveu, Abd-Allah ben Brimat, et celle-ci sa sœur Aïcha. Nous venons du village de Djannar, où notre famille est fixée depuis cinq générations, avec des serviteurs noirs. Ils nous ont trahis et se sont joints à la tribu nègre qui nous a attaqués.

– Êtes-vous des Touareg ?

– Non ! Nos pères venaient directement du Moghreb… ils n'ont pas écumé le désert. Nous sommes une race de pasteurs… Cependant nous avons adopté le costume et quelques habitudes des Touareg.

Cette déclaration me plut, car le Targui ne m'est pas sympathique : je me serais méfié de mes compagnons s'ils avaient appartenu à ces tribus menteuses. Après un dernier regard sur Aïcha, je choisis un des chevaux que me présentait Oumar.

– Telha descend des chevaux du prophète ! affirma le vieil homme.

C'était un cheval noir, encore jeune, à la tête forte, aux prunelles aussi calmes que peut les avoir une bête de sang pur. Oumar le caressait pendant que je lui soufflais lentement aux narines, ce qui est encore le meilleur moyen d'entrer en relations avec un cheval. Les jarrets tendus, les narines ouvertes, la bête frémissait de tous ses nerfs. L'agitation d'un beau cheval est un spectacle plein de charme : même à cette heure inquiétante, je ressentais du plaisir à voir frissonner cette magnifique créature vêtue de peluche noire.

Son émotion se calma ; nous commençâmes à devenir amis dès que je lui eus présenté une poignée d'orge.

– Je m'en charge maintenant, déclarai-je au vieil Oumar… hâtez-vous de prendre vos dispositions.

Ce ne fut pas long. Vingt minutes ne s'étaient pas écoulées que les Marocains filaient à bonne allure vers le nord-est.

J'achevai de donner sa provende à mon cheval, puis je me tins prêt à partir. Mon plan était simple. Je comptais prendre quelque avance sur Saïd et, lorsque j'aurais rejoint les Marocains, je leur confierais ma monture, après quoi je réglerais la situation avec le fauve.

Quand je jugeai le moment propice, j'enfourchai le cheval ; je n'eus qu'à lui lâcher la bride pour qu'il partît à grande vitesse. C'était le moment où Saïd, sa fringale satisfaite, et soucieux de mon absence, me cherchait des yeux. Mon brusque départ le mécontenta ; il poussa un rauquement et prit la chasse. J'avais assez d'avance pour n'avoir pas à craindre qu'il nous atteignît à l'improviste et ne se livrât à quelque démonstration fâcheuse. D'ailleurs, capable, sur une courte distance, de devancer l'antilope la plus véloce, il ne pouvait maintenir une allure comparable à celle d'un bon cheval. Loin donc de perdre du terrain, en aurais-je trop gagné si, de temps à autre, je n'avais ralenti.

Telha, d'abord épouvanté de sentir le lion à sa poursuite, avait repris confiance. Il obéissait d'autant plus parfaitement que nous courions à peu près contre le vent, ce qui balayait les effluves. De temps en temps, j'élevais la voix pour guider Saïd.

Notre course dura plus d'une heure, après quoi je me trouvai assez loin du champ de carnage pour ne plus guère redouter les nègres.

J'accélérai, j'arrivai à la hauteur des méharis d'Abd-Allah, puis du cheval d'Oumar. Un coup d'œil sur le site me le fit juger excellent pour une halte. Des mamelons rocheux s'allongeaient devant nous, du haut desquels on pouvait explorer l'étendue ; on distinguait des fissures assez larges pour nous abriter.

— Reposons-nous ici, criai-je à Oumar. Vous mettrez Telha avec les autres bêtes. Je viendrai vous rejoindre plus tard.

Les Maures arrêtèrent leur fuite au bas d'un des mamelons, tandis que j'allais, à pied, retrouver Saïd. Il vint, haletant, d'autant plus que le souper l'avait appesanti, et d'assez méchante humeur. Son attitude n'était guère rassurante. Il grognait, il refusait de me regarder.

Malgré notre familiarité, j'éprouvais du malaise quand il m'accueillait ainsi : comment savoir ce qui se passait dans son âme obscure ? Il lui était si facile de me réduire en bouillie ! Je pris pour lui parler un ton grave qu'il affectionnait :

— Mon vieux Saïd, ne soyons pas morose, nous allons prendre du repos !

Il se calmait, il condescendait à tourner vers ma face ses yeux de phosphore, et j'eus relativement peu de peine à le diriger vers un mamelon où j'avais cru discerner une manière de caverne. Je ne m'étais pas trompé. Un repaire confortable se présenta. J'installai Saïd dans un renfoncement et j'attendis. Il avait une âme d'enfant, pleine d'insouciance ; son inquiétude s'était évanouie : recru de fatigue, il ne tarda pas à s'endormir. C'était un bon sommeil, sain et profond ; je pus sortir et rejoindre les Maures. Eux aussi avaient trouvé des excavations et, par surcroît, une grotte suffisamment grande pour y loger les bêtes de somme. À l'aide de cordes et de blocs, on pourrait barrer les ouvertures.

Quoique fatigués, nous ne prîmes pas immédiatement du repos : nos nerfs étaient trop vibrants encore. Oumar s'assit sur une saillie rocheuse et, après une courte causerie, il devint rêveur ; ses yeux cuivreux se fixaient sur l'étendue ; une mélancolie détendait son visage. Abd-Allah explora les environs, puis il escalada le plus haut mamelon, dans le dessein de voir au loin. Moi je me tenais près de la jeune Aïcha. Elle était debout, sur la terre rougeâtre, dans une pose qui faisait deviner tout ce qui se cachait de contours rythmiques, de vie pure et fraîche sous les vêtements de neige. Un de ses bras se dégageait jusqu'à mi-chemin du coude ; la petite main sensitive, le poignet rond et flexible, la chair de liseron et d'églantine, formaient un ensemble aussi séduisant qu'un bouquet de lis ou de roses blanches.

L'inconnue mystérieuse

J'admirai cette jolie silhouette dans l'argenture du grand clair de lune. Comme nous étions loin l'un de l'autre ! Avec elle se levaient tous les poèmes de l'humanité, de la Sulamite à la fille du Cygne, d'Ophélie à Chimène. La solitude redoutable, dont j'ignorais même le nom, se peuplait, grâce à cette petite Mauresque, de rêves, d'espérances, de tendresse, de la plus fine émotion. Et elle m'était plus inconnue encore que la solitude ! De sa face, j'apercevais tout juste les fanaux noirs des yeux, et une bande étroite de traits entre les sourcils et la narine. Je cherchais à me représenter le reste ; je me disais que, si même elle avait des lèvres lourdes, un front trop bas, ses yeux auraient tout sauvé – mais j'aurais été déçu : mon imagination traçait des joues aux inflexions nobles, une petite bouche de cramoisi, un front aux fines arcades.

Après un long silence, je murmurai :

– La nuit est douce !

Elle sourit, et, d'un geste, elle fit signe qu'elle ne comprenait point.

J'en ressentis une vive contrariété, et pourtant, de la sentir si étrangère augmentait encore mon émoi.

L'heure était impressionnante. La nappe des rayons lunaires s'étendait à l'infini sur le sol rose, blanc et bleuâtre : on eût dit de quelque lac impalpable, plein de vies légères qui traversaient nos corps comme la lumière traverse le cristal. De-ci de-là passait une noctuelle, ou bien, un rapace rôdait sur ses ailes cotonneuses ; quelque chacal glapissait ; un profil paraissait et s'effaçait au flanc des mamelons ; la brise agitait les parfums subtils du désert ; et les étoiles, mi-noyées, oscillaient ainsi que de petits cœurs de feu. Ah ! nuit surprenante, dont la beauté était faite de choses si simples, dont la variété n'était qu'en nuances ! Il semblait qu'un monde inconnu me fût révélé. Cette nuit, ce désert, cette jeune fille, non seulement résumaient, mais renouvelaient la vie : je renaissais, j'oubliais le temps ; je croyais à je ne sais quelle éternité heureuse qui se confondait avec mon existence même !…

Nous rôdâmes pendant quelques jours à travers des régions qui étaient aussi inconnues aux Maures qu'à moi-même. Il s'agissait de brouiller nos traces ; nous nous y employâmes consciencieusement. Ensuite, nous reprîmes la route du nord-ouest qui devait conduire mes compagnons parmi des gens de leur race.

Saïd, qui avait d'abord été un obstacle et un danger, se familiarisait avec la caravane. Ses frasques devenaient rares. Nous avions soin d'avoir toujours quelque belle pièce de chair afin de couper court aux accès de gourmandise suscités par la présence des méharis et des chevaux. À partir du cinquième jour, nous traversâmes des terres giboyeuses : les bonnes chasses qu'il faisait après le crépuscule rendaient le félin très disciplinable. Puis, il était intelligent et, comme il l'avait bien prouvé, d'humeur plus sociable que ses congénères.

À mesure qu'il semblait moins dangereux, sa société apparaissait plus profitable. En cas de mauvaise rencontre, il valait tout le reste de l'expédition. De plus, il devait nécessairement produire, par sa seule apparition, une impression salutaire.

De mon côté, je m'accoutumais à mes compagnons. Entre Oumar et moi, les communications devenaient faciles. Au fonds de paroles qui nous étaient dès l'abord communes, nous avions joint des termes arbitraires, des gestes, des onomatopées, des intonations qui aidaient puissamment à la compréhension. Aïcha, dont l'intuition paraissait vive, se mêlait à nos palabres ; quoique, en général, elle m'entendît moins bien qu'Oumar, il y avait des nuances qu'elle saisissait mieux. Abd-Allah, insoucieux et moins fin, préférait se servir des autres comme truchements.

Ce n'étaient pas de méchantes gens. Ils avaient leur morale particulière, des préjugés, des bizarreries, des goûts et des dégoûts qui ne s'accordaient pas avec les miens, mais le fond était tolérable. Pour vivre ensemble, la bonne humeur, l'indulgence, l'affectivité, valent mieux que des préceptes. Il en est de la morale comme de la loi : elle est faite surtout pour les êtres sournois, cruels, fauves et brutaux ; les personnes naturellement aimantes et sincères se passent assez bien de préceptes. Malgré l'extrême différence de nos coutumes et de nos idées, nous nous entendions donc, mes Maures et moi : je leur donnais ma confiance ; ils me rendaient la leur avec usure.

Le vieil Oumar avait une tendance évidente à me traiter comme un individu de la famille. Aïcha était naïve et fraternelle ; Abd-Allah seul montrait quelque méfiance.

Les premiers mots échangés

De mon côté, je m'attachais. Après ma longue solitude, je dépensais naturellement mon épargne de « socialité » en faveur des premiers humains rencontrés sur ma route. Mais si j'aimais bien Oumar, si la présence d'Abd-Allah m'agréait assez, qu'était-ce, au prix de l'exaltation où me jetait le voisinage d'Aïcha ? Je ne la connaissais même pas, dira-t-on, je n'avais pas vu son visage, car ce n'est pas voir un visage que d'en voir un fragment. Eh bien, si ! je la connaissais. Dans cette vie au désert, l'être se révèle vite. Chaque acte d'Aïcha marquait une nature fidèle. L'aurais-je connue des années, bien des recoins de son caractère ne m'eussent pas été mieux révélés. Puis, l'amour ne s'est jamais plié aux règles des sages. En donnant aux grâces de la femme une signification si nette, si précise, et qu'il ne faut qu'un regard pour saisir, la nature a promulgué une loi à laquelle les plus prévoyants se soumettent…

Quant au visage d'Aïcha, il faut bien avouer qu'il était ma grande préoccupation et ma grande inquiétude. Sans doute, je chérirais de toute manière la Mauresque, et pourtant !… Avec quelle fièvre je souhaitais que la courbe des joues ne fût pas inférieure à la beauté des yeux !

Je ne sais pourquoi elle n'avait pas encore relevé le nicab, ni abaissé le litham en ma présence. Vierge, elle n'était pas étroitement soumise aux prescriptions qui régissent l'attitude des femmes. Oumar, par surcroît, était plein de tolérance. Or, plutôt que de se découvrir le visage en ma présence, Aïcha mangeait à l'écart. Était-ce ma qualité d'étranger, était-ce quelque pudeur excessive ? Je l'ignorais. Le fait était là. Je ne connaissais de mon émouvante amie qu'une bande de visage !

Un après-midi, nous atteignîmes, après une marche assez pénible, le bord d'une rivière. Elle coulait, vive et frissonnante, parmi des palmiers, des myonnbos et des karités. Des flaques d'une herbe haute et fraîche apparaissaient entre les arbres. Et tout le terroir semblait promettre une chasse abondante à Saïd et à nous-mêmes. Mais il fallait s'assurer si la bête humaine ne vivait pas aux alentours. Comme j'avais beaucoup exploré le matin, et que j'étais las, ce furent Oumar et Abd-Allah qui se chargèrent de la tâche. Le premier s'éloigna sur un méhari ; le second partit à cheval ; je me trouvai seul avec Aïcha.

Nous nous installâmes près d'un havre, d'où l'on avait vue sur le courant. Et nous regardâmes couler l'eau avec ce plaisir qu'y prennent à peu près tous les hommes, depuis l'enfant et le sauvage jusqu'au vieillard. Longtemps, sans une parole, nous respirâmes l'ombre odoriférante. Nous étions seuls. Saïd avait choisi une retraite où il dormassait ; les bêtes de somme paissaient

94

l'herbe bleue, verte et violette. Mon cœur jasait comme la rivière ; Aïcha, pensive, avait appuyé sa tête contre un jeune myonnbo.

Jamais elle ne m'était apparue plus émouvante ; jamais non plus je n'avais eu un tel désir de voir son visage.

Nous échangions des propos vagues, brefs et monotones. Mais il y avait entre nos âmes la chose essentielle, qui éclaire et commande, la chose fatale et redoutable qui accroît la signification de la lumière, des herbes et des fleurs.

Je finis par ne plus même essayer de me faire comprendre ; c'était si inutile ! Je parlais en français, je disais, pêle-mêle : « Que vous êtes charmante, Aïcha, d'être si différente des femmes de ma race ! Vos yeux sont l'inconnu, le lointain, l'infini… Puisque le hasard et les circonstances décident de nos petites destinées comme du sort des peuples, c'est un grand évènement de vous avoir rencontrée ! Je vous aime, Aïcha. »

Elle écoutait en penchant la tête sur son épaule, tandis que ses bras étincelants sortaient des plis de laine blanche. Et elle savait bien que je disais des choses ardentes et tendres. À la fin, je me courbai ; je posai mes lèvres sur son petit pied.

Elle ne s'attendait aucunement à ce geste ; elle en demeura stupéfaite : cent fois plus étrange que mon discours, il annonçait des coutumes extraordinaires, une forme inconcevable de l'amour.

Mais les femmes comprennent vite les humilités du sentiment ; la Mauresque ne demeura qu'un moment surprise.

– Aïcha, je veux vivre pour toi, fis-je.

Elle sourit, elle secoua la tête, la malice de la femme s'alluma dans ses yeux

– Ne veux-tu pas, demandai-je, que je paye la dot à Oumar ?

– Oumar et toi le savez !

– Mais toi ?… C'est toi qui dois me répondre.

Elle devint pensive.

– Tu ne réponds pas ? repris-je avec agitation…

Je dus répéter plusieurs fois. Alors, une rougeur fine monta jusqu'à ses yeux :

– Je ne peux pas ! murmura-t-elle.

Et je baissai la tête : l'énigme des races parut soudain inscrutable. De même que le nicab et le litham cachaient le visage d'Aïcha, de même des voiles épais séparaient sa mentalité de la mienne.

Elle voyait mon chagrin ; une pitié passa dans les longs yeux de feu et de ténèbres :

– Aïcha est ton amie ! fit-elle doucement.

Elle se leva, elle s'éloigna dans la blancheur ondoyante de son vêtement.

Cette conversation me laissa triste et perplexe. Était-ce le refus de la Mauresque rejetant l'époux de race étrangère ? Était-ce la pudeur, la crainte du lendemain ou l'hésitation de la fille asservie à des coutumes qui en font presque une marchandise ? Je flottais entre les idées disparates ; plus je réfléchissais au regard, au sourire, à l'émotion, aux paroles d'Aïcha, plus elle m'apparaissait énigmatique. J'exagérais, je pense, la part de la race. La femme européenne est-elle moins indéchiffrable, alors qu'elle n'a encore prononcé ni le oui ni le non qui lie ou qui sépare les êtres ?

Aïcha soulève son voile

Aïcha parut plus obscure encore les jours qui suivirent. Elle ne se mêlait plus à nos palabres, elle se tenait à distance aux campements ; elle s'éloignait, furtive, lorsque j'approchais d'elle. Nous traversâmes un désert, puis nous revîmes des terres fraîches. La difficulté d'éviter le contact des hommes s'accrut ; deux ou trois fois, nous aperçûmes des nègres. Ils n'osèrent toutefois pas nous attaquer, mis en fuite par la présence inconcevable de Saïd. Nous continuions à marcher vers l'ouest et vers le nord, sans savoir si le danger était moindre par là, mais soutenus par l'espoir de rallier quelque tribu amicale.

Un soir, nous dormîmes dans un village abandonné, ou plutôt détruit. Le feu avait dévoré la plupart des paillotes, les plantations étaient ravagées, et des squelettes nombreux jonchaient le sol ; soigneusement raclés par les vautours, les hyènes et les chacals, on aurait pu croire qu'ils étaient là depuis très longtemps. Mais les cendres, les racines éparses, d'autres indices, firent conclure à Oumar que le drame ne remontait pas à plus d'une quinzaine de jours :

— Nous serons d'autant plus tranquilles ! remarqua-t-il… Tout le pays doit avoir été saccagé… aucune tribu n'aura l'idée d'y revenir avant quelque temps.

C'était logique ; la visite des environs ne fit que confirmer le pronostic.

Le jour était loin de sa fin, lorsque nous décidâmes la halte. Oumar et Abd-Allah firent une battue minutieuse parmi les ruines, d'où ils rapportaient continuellement quelque aubaine nouvelle : noix de kola ou de karité, tubercules, céréales, fruits, racines. Aïcha faisait les préparatifs d'un souper qui devait être plus raffiné que d'habitude. Elle avait allumé le feu dans une paillote ouverte à tous les vents. Et je la contemplai, l'âme ensemble engourdie et tumultueuse. Une lueur d'améthyste enveloppait le village pâle. Des palmiers dressaient leurs pennes élégantes. Une odeur de baumes et de bois chaud s'élevait du feu.

Cependant la Mauresque avait saisi un vase de bois et se dirigeait vers une source pour y puiser de l'eau. Elle s'avançait, blancheur rythmique et comme lisérée de lueurs, sur la terre violâtre. Je lui barrai la route, disant :

— C'est moi qui irai prendre l'eau !

Elle hésita, puis elle me tendit le vase, en me regardant dans les yeux. Ah ! que cette petite minute et cet acte bref parurent considérables ! Je pris le vase, puisai l'eau, et revins à grands pas. Aïcha n'avait pas bougé, elle avait la même pose que naguère. Pourtant, quelque chose d'inouï venait de s'accomplir : le nicab était relevé ! Un front blanc s'élevait sur les sourcils, arqués comme le croissant de la lune naissante, et se perdait dans les ténèbres magnifiques de la chevelure. Je connus que le haut du visage était plus parfait que je n'avais imaginé ; l'herbe féerique de la chevelure avivait le sens des yeux, le front parfaisait les pétales des paupières.

– Aïcha ! fis-je d'une voix ardente, laisse aussi retomber le litham.

Mais elle saisit vivement le vase et se sauva avec un rire argenté... Le soleil venait de s'évanouir. Le couchant se peupla de formes fabuleuses. Des golfes de corail se profilèrent sur des côtes de chrysolithe et de porphyre ; des rivières de soufre coulèrent dans des paysages d'hyacinthe ; il s'éleva des monts de houille et d'ocre, constellés de neiges. Une brise frissonna sur les solitudes ; les bêtes craintives s'enfuirent tandis que les carnivores s'éveillaient dans leurs repaires : dans toutes choses il y eut un reflet de la beauté d'Aïcha.

On ne retrouve que la cruche,
le bracelet et la coiffure…

Il arrivait maintenant que je confiais Aïcha à Saïd. Les premières fois, il n'y mit aucune complaisance ; au bout de cinq minutes, il abandonnait la jeune fille et venait me retrouver. À la longue, il consentit à la suivre. Elle était très fière de ce résultat. Mais elle n'osait pas encore lui passer la main sur la crinière ; Saïd se prêtait mal à ce jeu avec un autre que moi. Abd-Allah ayant voulu, un jour, le caresser à la manière d'un cheval, il se retourna avec fureur, et je dus intervenir pour le calmer. Il semblait respecter le vieil Oumar : il dormassait devant lui, tandis que le Maure fumait sa pipe.

Un soir, vers l'heure du repas, Aïcha se leva pour aller puiser de l'eau fraîche à une source lointaine.

– Je prendrai avec moi Saïd, dit-elle en riant ; c'est encore le compagnon le plus sûr.

Abd-Allah qui, depuis quelque temps, se montrait soupçonneux, crut sans doute qu'elle me fournissait ainsi un prétexte à l'aller chercher, car il insista pour la suivre.

Nous restâmes seuls, Oumar et moi. Pas le moindre souffle de vent. On voyait nettement les détails de la plaine, les arbres les plus lointains, dans la clarté immobile du soleil déclinant. Près de nous, un groupe de dattiers était nimbé d'une auréole violâtre, doucement détachée sur le fond de sable jaune. Au loin, les forêts festonnaient l'horizon. La lumière et l'ombre, suivant l'inclinaison du sol, emplissaient les creux, dessinaient le relief des collines. Tout paraissait simple, tranquille, comme on se figure l'époque des patriarches.

Il se passa une heure sans que la jeune fille ni son frère revinssent. Je pensais qu'Aïcha pouvait m'avoir attendu malgré Abd-Allah, dont elle supportait impatiemment les soupçons, et je prenais mon fusil, quand les rugissements de Saïd éclatèrent. Nous ne nous effrayâmes pas d'abord, car le lion, dans ces contrées, aime encore crier sa force sans motif ; mais le rugissement reprit avec une fréquence inquiétante.

C'est à la fontaine que notre course nous porta d'abord. La cruche dans laquelle Aïcha puisait de l'eau s'y trouvait, brisée en mille pièces, la coiffure d'Abd-Allah gisait dans l'eau, et, même, je découvris un petit bracelet appartenant à la jeune fille. Nous ne pouvions plus douter qu'il s'agît d'un enlèvement.

Je sentis que nous commettions une imprudence en laissant seuls nos méharis et nos chevaux, mais les appels de Saïd, l'impatience d'Oumar, ma propre fureur, m'enlevèrent tout sang-froid.

Toujours guidés par les rugissements, nous arrivâmes à un point d'où la bête nous aperçut. Elle s'avança avec un cri plus terrible ; mais la détonation d'un fusil retentit et je la vis revenir soudain en arrière, se réfugier derrière un massif. Je me précipitai. Le sang coulait d'une blessure qu'elle avait à l'épaule. Sa crinière se hérissait de rage ; elle était visiblement partagée entre la prudence féline et le désir de la vengeance. Je la déterminai à me suivre. Elle ne semblait pas avoir reçu d'atteinte sérieuse. Il fallait d'abord obtenir son silence, j'eus recours à un artifice simple et qui réussit : je la muselai avec ma ceinture. Je crois vraiment que, malgré sa répugnance, elle accepta ce qu'elle sentit être, dans son obscur entendement, plutôt une garantie pour moi qu'une précaution contre elle.

Le camp des ravisseurs

La nuit venait, rapide ; il fallait se presser. Aidé par Saïd, j'arrivai en vue d'une clairière où se tenaient une quinzaine d'hommes avec des méharis et des chevaux, quelques prisonniers nègres attachés à la file ; puis, à l'écart, roulés sur le sol, Aïcha et Abd-Allah.

Mon premier mouvement fut de me précipiter sur les bandits. Oumar m'arrêta, en me faisant remarquer que ces gens semblaient installés pour la nuit et que nous pourrions les attaquer dans les ténèbres. Il me proposa de demeurer sur place à les guetter, tandis qu'il irait chercher deux chevaux. Ne fallait-il pas prévoir le cas où nous aurions à les poursuivre ? À pied, nous étions vaincus d'avance.

Je me rendis à ces raisons. Oumar s'éloigna, Saïd se coucha à mes pieds. J'observai le camp. Il était organisé militairement, chaque homme ayant à côté de lui une tranchée où il pût, en cas d'alerte, se coucher pour braver une attaque.

Néanmoins, je me félicitai de ces dispositions ; elles ne prévoyaient guère un assaut avec un auxiliaire comme Saïd.

Hélas, les meilleurs plans ne tiennent pas devant les circonstances ! Comme je ne perdais pas du regard l'endroit où se trouvait Aïcha, je vis s'avancer un homme de haute taille qui se mit à lui parler, puis essaya de la prendre dans ses bras. La jeune fille se débattit, s'échappa et se roula sur le sol, tandis que l'homme se baissait avec l'évidente intention de la ressaisir. Presque d'instinct, je mis l'homme en joue ; une minute plus tard, il roulait par terre, la poitrine percée d'une balle.

Immédiatement, les autres se jetèrent dans leurs tranchées ; plusieurs balles cassèrent des branches tout auprès de moi. Ensuite, un fort groupe, se dissimulant dans les broussailles, se mit à fouiller les environs. J'allais être débusqué. La retraite seule était possible. Je l'effectuai avec prudence et bientôt, à l'orée du bois, j'aperçus Oumar. Il paraissait consterné. Nos chevaux, nos méharis, nos vivres, tout ce que nous avions amassé pour notre voyage à travers le désert, avait disparu. Oumar ne rapportait que les armes et les munitions, cachées avec soin. C'était un désastre ; mais nous ne perdîmes pas de temps à nous désoler et prîmes nos dispositions d'attaque pour la nuit. Elle arriva enfin. Mais nous ne retrouvâmes pas le camp : les pirates avaient disparu.

Sans doute, ils avaient jugé leur position dangereuse et s'étaient transportés dans la plaine, où seule une agression franche serait possible. Nous nous mîmes à la recherche de la caravane, et, après avoir parcouru deux ou trois milles, nous la découvrîmes installée en plaine dans des tranchées faites à la hâte.

Il ne fallait pas songer à la surprendre. Nous résolûmes, Oumar et moi, de laisser passer quelques heures. Une détente se produirait, et, soit que nous tentions l'assaut du camp endormi, soit que nous capturions seulement des montures, l'expédition vaudrait la peine d'être entreprise.

Tandis que les heures tournaient au ciel, je laissai Oumar prendre du repos. L'aube approchait quand je le réveillai. Avec des précautions infinies, nous rampâmes jusqu'en vue du camp. Une fois de plus, l'habile adversaire avait déjoué nos plans ; il fuyait dans la nuit.

Malgré tout, nous nous mîmes à sa poursuite ; quand le jour se leva, la caravane disparaissait à l'horizon… Nous étions horriblement las, affamés, énervés : il fallait reprendre des forces.

Une monstrueuse avalanche

Saïd et moi parvînmes à tuer une antilope qui fournit une viande noire et coriace ; puis nous nous endormîmes d'un lourd sommeil. Au réveil, nous trouvâmes Saïd très inquiet. Je parvins à le calmer, et nous causions, Oumar et moi, quand notre attention fut attirée par la présence soudaine d'une multitude d'animaux. Ils venaient tous du même point et s'écartaient à la vue du lion, qui poussait par intervalles un long rugissement. Nous ne nous inquiétâmes pas autrement et continuâmes notre palabre. Cependant, un bruit lointain s'élevait. Nous comprîmes alors l'inquiétude de Saïd : sa fine oreille percevait ce bruit depuis longtemps ; notre calme le surprenait, l'indignait presque. Toutefois, il avait fini par m'accorder une sorte de pouvoir mystérieux contre tous périls ; malgré sa nervosité, il avait résisté à la panique qui saisissait les autres bêtes. Car elles se multipliaient. On vit surgir de la forêt des antilopes, des zèbres, des troupes de singes, même des oiseaux. Quatre lions passèrent en rugissant. Oumar, plus habitué que moi, pour les avoir entendu raconter, à ces cataclysmes, me dit :

– Ce sont les éléphants !

Il n'achevait pas que les arbres de la forêt se mettaient à onduler ; beaucoup s'abattirent, brisés ou déracinés. Et bientôt, parut l'avant-garde d'une immense troupe d'éléphants, d'autant plus terribles qu'ils étaient visiblement en proie à une panique. J'avoue que je fus d'abord pris d'une peur irraisonnée. Oumar se jeta par terre. Saïd s'enfuit après quelques formidables rugissements.

Dans cet instant terrible, j'eus une inspiration. Je me précipitai vers un bloc erratique qui avait attiré mon attention, je versai le contenu d'une poire à poudre dans une fente et je fis une traînée jusqu'à une légère dépression de terrain ; puis je poussai Oumar vers la dépression et nous nous enfouîmes littéralement sous terre. Le trou fait, je me relevai et regardai venir l'énorme vague animale. La terre tremblait, l'air retentissait du bruit de la galopade et de furieux barrits. Mon briquet à la main, j'attendis. Si ma mine fusait, au lieu d'éclater, nous étions perdus ; mon choix avait porté sur une fissure assez étroite ; la poudre s'y était répandue en profondeur ; j'avais obturé l'ouverture du mieux que j'avais pu.

Cependant, les bêtes colossales approchaient. Je n'espérais pas interrompre leur course ; je comptais sur une surprise qui la ferait dévier. Oumar, ignorant mon stratagème, demeurait la face contre terre et attendait la mort. Je ne commençai à battre mon briquet qu'au moment où les éléphants se trouvèrent à quelque trente mètres de ma mine. Lorsque l'explosion éclata, j'étais déjà couché auprès de mon compagnon ; les pierres, lancées avec force, passèrent au-dessus de nos têtes, et le coup de vent de l'air déplacé nous aplatit contre le sol. La masse des éléphants se porta sur notre droite et sur notre gauche. Quand je relevai la tête, je les vis loin déjà, et je tapai sur l'épaule d'Oumar... Il avait cru mourir ; il se retrouvait sain et sauf. C'était un miracle. Il mit le sauvetage sur le compte d'Allah et m'accorda le génie des prophètes.

Cependant, une grande désolation nous enveloppait. La plaine semblait labourée à la charrue ; la lisière de la forêt ne montrait qu'arbres tordus, déracinés, jetés les uns sur les autres.

Nous tînmes conseil. Bien qu'il n'y eût pas à craindre le retour du troupeau, nous résolûmes de chercher un abri. Après une heure de marche, nous découvrîmes une petite colline rocheuse, au flanc de laquelle nous pûmes nous installer sans inquiétude.

Une des plus tristes conséquences du passage des éléphants fut de nous enlever le moyen de retrouver la trace d'Aïcha, d'Abd-Allah et de Saïd. La caravane des pirates n'avait-elle pas péri dans le désastre ? Notre repos fut court et fiévreux. Vers deux heures du matin, un croissant de lune éclaira notre route. Je me fiai à Oumar pour garder l'orientation. Les Arabes ont, dès l'enfance, l'habitude de se diriger dans le désert ; ils tracent presque d'instinct une ligne droite en se servant de repères qui se confondraient pour un œil inhabile.

Quand le soleil se leva, nous n'avions trouvé nulle trace. Nous fîmes tristement notre premier repas, puis nous repartîmes. Sur des lieues et des lieues, le passage des éléphants était marqué comme devait l'être le parcours des armées d'Attila. À la forêt succéda une nouvelle plaine, puis une région rocheuse. Nous désespérions de voir jamais le point de départ du troupeau, quand, vers quatre heures de l'après-midi, une forêt barra l'horizon ; nous reconnûmes vite qu'elle était intacte.

Saïd n'est pas longtemps absent

Nous en suivîmes la lisière aussi loin que nous pûmes apercevoir la trace des pieds d'éléphant.

Mais notre espérance de rattraper la caravane semblait de plus en plus chimérique. S'ils n'avaient péri, les ravisseurs, montés sur de bons chevaux et des méharis, avaient dû prendre une avance énorme. La nuit fut lugubre. Je vis les heures brillantes tourner au cadran du ciel. À peine si, dans ma fièvre, je faisais attention aux bêtes nocturnes, hyènes ou chacals, qui rôdaient autour de notre feu. Au contraire, mon attention fut sollicitée par la soudaine absence de tout bruit. Je levai la tête : j'entendis au loin la fuite d'animaux rôdeurs et je collai mon oreille contre terre. À la longue, je perçus un glissement léger, comme d'une bête qui rampe. J'éveillai Oumar, qui écouta à son tour :

– Ce pourrait être Saïd, dit-il. Il est prudent, il nous reconnaît avant de se décider.

– Les lions ont en effet mauvais nez, ajoutai-je… Nous pouvons aussi nous trouver en présence d'un homme.

Nous nous couchâmes, le fusil en joue ; puis, tout doucement, je me mis à siffler sur une modulation que Saïd connaissait bien. Un rugissement répondit, une masse formidable tomba près de nos tranchées :

– À bas, Saïd.

Un grondement de joie, et la bête rampa. C'était bien Saïd ! Notre joie fut profonde ; devant les forces obscures, c'était une grande sécurité d'avoir avec nous ce fauve compagnon… Nous nous remîmes à la tâche dès l'aube, et nous marchions depuis longtemps, penchés vers la terre, quand Saïd gagna une petite éminence sur notre gauche et, de là, couché, parut guetter une proie. Je le rejoignis avec prudence ; je faillis pousser un cri en apercevant, à la distance de deux milles environ, la caravane. Elle venait vers nous : sans doute, elle avait fui devant les éléphants, en biaisant, en gagnant la zone neutre. Nous nous trouvions, par un hasard singulier, en avance sur elle.

L'éminence était un excellent poste de combat. Nous y prîmes position. Les pirates s'avançaient sans défiance.

– Avant qu'ils aient eu le temps de se reconnaître, dis-je, nous pouvons en jeter au moins quatre à bas de leur monture.

La chose marcha comme nous l'avions calculée ; nos coups frappèrent trois hommes ; le lion en déchira deux autres ; mais ensuite, les pirates, décidément bien commandés, offrirent une résistance vive et sagace. Devant la violence de leur feu, nous fûmes débusqués et contraints de fuir. Ils nous rabattirent vers l'entrée d'un ravin. Assez large au début, il devenait plus étroit à mesure ; ce ne fut bientôt qu'une fente ; puis apparut une végétation épaisse. La position semblait bonne. Notre tir menaçait toutes les crêtes et nous pouvions nous dérober derrière des roches.

Je mis Saïd à l'abri ; puis, Oumar et moi, attendîmes l'attaque. Il fallait souhaiter qu'elle fût audacieuse, car c'était notre dernière chance de causer à l'ennemi des pertes assez sensibles pour le dominer. Mais deux ou trois fusils se montrèrent seuls en des points favorables au tir. J'eus le bonheur de blesser un bandit plus hardi que les autres, et c'était sûrement un personnage notable, car une fusillade terrible, mêlée de vociférations et de menaces, nous cribla pendant une demi-heure.

– C'est peut-être le chef, dit Oumar. Dans ce cas, des guerriers se voueront à sa vengeance.

Après une heure environ, nous vîmes trois Arabes descendre avec précaution dans le ravin, tandis que la pluie des balles nous menaçait plus impérieusement.

– Voilà ! dit Oumar. Ils ont fait le sacrifice de leur vie.

– Ce sont trois hommes perdus.

Et, me courbant sur mon fusil, je tuai net le premier. Les deux autres se cachèrent avec soin et nous envoyèrent cinq ou six balles qui ne pouvaient nous atteindre directement. Nos agresseurs durent se découvrir une ou deux fois ; nous les manquâmes ; ils gagnèrent du terrain. Leur abri était plus sûr que les précédents ; leurs balles devinrent menaçantes. S'ils demeuraient là, embusqués, tout plan d'évasion nocturne s'évanouissait. J'examinai la situation avec cette acuité que donne un grand péril : la tactique qu'ils avaient adoptée pour nous rejoindre, nous pouvions la suivre pour aller vers eux, et avec plus de sécurité, car les pentes du ravin se déchiquetaient davantage en approchant du fond. Restait la mitraillade des crêtes ; cinq abris s'offraient, séparés de quelques mètres à peine. On y échappait aux fusils d'en haut comme à ceux d'en bas. Certes, on risquait vingt fois la mort, mais c'était l'unique chance d'un sauvetage définitif.

J'armai avec soin mon fusil et me précipitai dehors. Ce mouvement causa une telle surprise que nul ne songea à tirer avant que j'eusse gagné le premier abri. Ma nouvelle position me donna un avantage inattendu : par une fissure, je pouvais voir, sans être aperçu, un des bandits penché là-haut, l'arme prête ; j'introduisis le canon de mon fusil dans la fissure, et, visant longuement, je logeai une balle dans la tête de l'homme.

Dans le ravin de l'asphyxie

Ce coup imprévu occasionna un désarroi dont je profitai pour gagner le deuxième gîte. J'essuyai le feu des Arabes embusqués dans le ravin, mais aucune balle ne me toucha. Le troisième gîte se trouvait du même côté que celui des envahisseurs. Je ne resterais sous leur feu qu'une seconde. Pour dépister la fusillade d'en haut, je fis un faux départ vers le fond, puis, soudain, je traversai d'un élan.

Ce que j'avais fait n'était rien auprès de ce qui restait à accomplir. Mon nouveau poste et celui des Arabes étaient en quelque sorte adossés. J'avais le choix entre deux tactiques : gagner un quatrième gîte, d'où je dominerais les deux Arabes, ou attaquer brusquement. Le danger était presque égal dans les deux cas. Je préférai l'attaque. Saisissant un poignard de chaque main, je me précipitai dans l'abri de mes adversaires. Ils n'eurent pas le temps de tirer.

L'homme que je frappai de la main droite tomba comme une masse ; l'autre, blessé au côté, eut la force de saisir son sabre.

Il ne me reste qu'un vague souvenir du corps à corps qui suivit. Je me rappelle avoir saisi la poignée du sabre dont la pointe me balafra le front, avoir été mordu cruellement à l'épaule, avoir riposté par des coups hasardeux, enfin, avoir senti mon adversaire s'affaisser sur moi, tandis qu'une terrible fusillade détachait des fragments de roc.

Les brigands de la crête, furieux de mon succès, s'étaient précipités à l'entrée du ravin. Le vieil Oumar en blessa trois. Cela suffit pour faire reculer les autres. Je me reprenais à ce moment, et, profitant de l'épaisse fumée produite par les décharges, je courus auprès de mon ami.

Nous savourâmes d'abord la douceur de cette victoire. L'ennemi semblait se recueillir. Je pense qu'il ignorait la présence du lion. Peut-être avait-il vu Saïd en notre compagnie, mais il devait supposer une singulière coïncidence, non la vérité. Je comptais beaucoup sur ce point pour le surprendre.

Mais j'avais mal interprété le silence des adversaires. Ils ne se bornaient pas à nous guetter et j'en eus bientôt la preuve : une masse d'herbes enflammées, mêlées de branchages, croula dans la fissure. Et des voix ironiques clamèrent :

– Voici des provisions !

En même temps, le combustible tombait de toutes parts. Le feu s'étendit et s'éleva ; l'atmosphère devint irrespirable ; une horrible chaleur commença de nous envelopper. Nous nous vîmes perdus :

– Mektoub ! fit Oumar, en baissant la tête avec l'immense résignation de sa race.

Ah ! je ne partageais pas ce fatalisme. Je poussais des hurlements de rage. Mais la chaleur redoublait. Je me dirigeai vers le fond de l'excavation, où se tenait Saïd. Le lion paraissait plus inquiet qu'Oumar. Sans doute, pour lui, rien n'était écrit. Je le trouvai grattant énergiquement le sol, comme pour se frayer un passage dans la terre ; et je fus frappé de voir qu'il creusait ainsi, non pas en bas, mais en haut de l'excavation. Je pris un poignard court, à lame très large, qui se trouvait à ma ceinture, je me mis à fouir. La terre s'amollissait, se désagrégeait rapidement ; une ouverture parut. Je redoublai d'ardeur. Oumar se joignit à moi. Nous mîmes enfin à découvert une sorte d'issue que l'instinct de Saïd avait devinée. L'espoir rentra en nous.

Cette issue n'était que le prolongement du ravin : un regard suffit à nous en convaincre. Mais ce prolongement, très étroit, passait inaperçu à la surface, à cause des végétations. Il ne se rouvrait largement qu'à une vingtaine de mètres.

En tout cas, nous pouvions tirer parti de cette ouverture. Nous nous hâtâmes donc de l'élargir afin de passer le plus vite possible de l'autre côté. Je m'y engageai le premier ; puis je laissai venir Saïd dont je parvins, Dieu sait avec quelle peine ! à maîtriser l'envie de fuir. Oumar, après avoir sacrifié un vêtement pour boucher l'ouverture, s'était mis à entasser les pierres et la terre, consolidant tant bien que mal son œuvre. Je l'aidai dès que Saïd fut plus calme. Puis nous demeurâmes immobiles dans l'attente de la nuit. Sans doute, de l'autre côté, les Arabes activaient encore le feu. Nous les entendions crier d'enthousiasme devant leur œuvre sauvage. Au moins étions-nous assurés qu'ils ne descendraient dans le ravin pour trouver nos cadavres qu'après le refroidissement du brasier.

Cependant, avec d'infinies précautions, nous cheminâmes le long du deuxième ravin, de plus en plus étroit, mais toujours accessible. Le sol montait à mesure. Saïd ne m'opposait plus de résistance. Après nous avoir indiqué un moyen de salut que nous n'aurions pu découvrir sans son aide, il nous abandonnait le soin d'en tirer parti.

Nous montâmes peu à peu jusqu'au niveau de la plaine. Là, cachés par le feuillage, nos fusils prêts, nous pûmes voir les pirates à l'œuvre. Ils ne cessaient d'entasser les herbes sèches et les brindilles. Une grande colonne de fumée s'en dégageait vers l'ouest, à angle droit avec la direction de notre gîte.

Cependant, le soleil déclinait, et nos ennemis cessèrent d'alimenter la flamme. Ils voulaient, avant la chute du jour, s'assurer de notre mort ! Petit à petit, le feu tomba. Ils ne pouvaient descendre avant que la pierre fût refroidie. Je crus le moment propice. Tandis que toute la caravane, dans une curiosité féroce, se penchait vers le ravin, je laissai partir Oumar. Protégé par des broussailles, il gagna facilement un bosquet à quelque distance. Restait Saïd et moi. Devais-je partir le premier en essayant d'obtenir du lion qu'il demeurât tapi ? Il était douteux qu'il comprît une tactique aussi compliquée.

Me voyant fuir, il voudrait fuir aussi, et cette fuite pouvait lui être funeste aussi bien qu'à moi.

Première victoire : nous volons deux chevaux

Je résolus donc, quelque difficulté qu'offrît l'entreprise, de me retirer avec le lion. D'ailleurs, Saïd rampa dans la brousse sans faire plus de bruit qu'une couleuvre. Moi-même, j'avançai lentement. L'ombre couvrait notre marche, quand une grande agitation du côté du ravin m'annonça que les pirates venaient de découvrir les traces de notre évasion. Je jugeai qu'ils dégageraient l'ouverture et, suivant notre piste au petit bonheur, déboucheraient, comme nous, dans la plaine. Je résolus donc d'attendre ceux de mes adversaires qui me découvriraient. Avec l'aide de Saïd, je pouvais espérer les mettre en déroute, et, d'autre part, s'ils me dépassaient, je risquerais un coup de force vers le camp mal gardé, je reprendrais peut-être Aïcha.

Tandis que les cavaliers se perdaient au loin, les explorateurs du ravin découvraient ma trace. Ils étaient quatre. Ils allaient vite. Voyant que je ne pourrais les éviter, je les laissai approcher jusqu'à vingt mètres, puis, d'un coup de feu, j'abattis le premier, tandis que Saïd en déchirait deux autres. Le quatrième s'enfuit éperdument. Cette victoire m'aurait ouvert le camp, si les cavaliers n'étaient revenus pour le défendre. Je n'hésitai pas à gagner le bois, trop heureux d'avoir affaibli nos adversaires. Le vieil Oumar était déjà en route pour me rejoindre. À ma vue, il poussa un cri de joie, ce qui était un excès chez un fataliste accoutumé depuis l'enfance à dérober ses sentiments.

— Pour le moment, dis-je, nos ennemis sont assez piteux. Leur campement sera toujours accessible à deux hommes courageux. Nous pouvons rôder alentour, faire déchirer leurs méharis et leurs chevaux par Saïd, leur causer d'irréparables pertes.

— Mais, répliqua Oumar, ils peuvent se remettre en route, et, montés comme ils le sont, nous devancer, échapper à notre poursuite.

— C'est pourquoi nous ne perdrons pas de temps et tâcherons de nous emparer de quelques-unes de leurs bêtes de somme.

La nuit était favorable à notre entreprise ; nous arrivâmes bientôt en vue du camp. Il fut convenu que Saïd et moi jetterions l'alarme au sud, tandis qu'Oumar s'approcherait assez pour s'emparer de deux chevaux. Après quoi nous battrions en retraite. Ce plan réussit. Saïd épouvanta les Arabes par ses rugissements, et jeta le désarroi parmi les chevaux. Oumar en saisit deux qui avaient rompu leur longe. Un coup de sifflet signala la réussite de l'entreprise. Malheureusement, les pirates l'entendirent aussi bien que moi ; deux d'entre eux sautèrent en selle pour rejoindre mon compagnon qui galopait déjà. D'un coup de feu, j'arrêtai un des coursiers ; le grondement de Saïd fit rebrousser chemin à l'autre.

Oumar me montra deux magnifiques bêtes, qu'il entrava, car la présence de Saïd les faisait ruer et s'ébrouer de terreur, ce qui nous convainquit que nous n'avions repris aucune des montures déjà habituées à la présence du lion.

La nuit était éclatante et douce. La lueur des étoiles permettait de voir confusément toute chose. Malgré notre angoisse, je goûtai le charme divin de l'heure, je me retrouvai une âme d'Européen contemplateur. Douloureuse antithèse, cette lutte féroce, cette humanité si dure et si sauvage, et ce grand ciel évoquant tous les beaux rêves de ma race.

Je ne pense pas qu'Oumar songeât à rien de semblable. L'Oriental, dans lequel nous avons vu un contemplateur, ne pense pas. Il laisse entrer la voix obscure des choses ; il limite son rêve au lieu de l'agrandir, il accroche son espérance à quelques grosses réalités, et s'efforce de demeurer imperturbable.

Au loin, les forêts barraient d'un trait onduleux la ligne de l'horizon, des dattiers découpaient sur la nuit des silhouettes d'encre. Les moindres choses tremblaient dans le mystère, dans la poésie des pénombres.

Saïd « prend » la chasse

Bien avant le jour, j'éveillai mes compagnons. Oumar fabriqua une sorte de mors avec des chiffons, mais nous comptions plus sur nos jambes, pour guider nos montures, que sur leur bouche. Heureusement, c'était des bêtes assez dociles ; la présence du lion les ayant affolées, elles se contentèrent d'essayer un départ impétueux que nous pûmes réprimer. Saïd, suivant son habitude quand j'étais à cheval, se tint assez loin en arrière. Au bout d'un quart d'heure, nos bêtes furent domptées ; nous pûmes nous approcher du campement. Les pirates s'étaient mis en route. Ils avaient de bonnes raisons pour nous fuir : deux hommes bien montés, braves et adroits, peuvent faire le plus grand mal à une troupe peu nombreuse et encombrée de butin.

Nous mîmes nos chevaux au trot, guidés par Saïd, qui avait pris la chasse. Il nous fallut traverser une forêt où, par surcroît, nous ne trouvâmes pas une goutte d'eau. Cependant, les allures du lion annoncèrent la proximité de l'ennemi. Je mis pied à terre, et, laissant Oumar avec les chevaux, je partis pour reconnaître la caravane.

Nous arrivâmes dans une éclaircie très vaste au sein de la forêt. Une flore basse y vivait péniblement parmi de minces couches d'humus formées par le travail des lichens. Des serpents, des lézards, des insectes énormes se levaient à chaque pas ; d'immenses fourmilières prospéraient.

Ce lieu désolé me causa une impression de découragement. Il était trop visible que les pirates n'y campaient pas. Je n'eus, pour m'en assurer, qu'à grimper sur la plus forte éminence et à jeter un regard vers l'horizon. On ne voyait rien qui révélât la présence de l'homme. L'instinct de Saïd le trompait donc.

– Eh bien ! mon bon ami, fis-je, nous avons fait fausse route !

Il leva son grand mufle roux… Ses yeux brillaient. Je crus comprendre qu'il n'était pas aussi déçu que moi. Il s'avançait avec une extrême prudence vers une sorte de muraille formée par un entassement de pierres : dans un coin, à l'ombre, se trouvaient trois petites auges naturelles pleines d'eau : Saïd n'avait servi qu'à découvrir une chose entre toutes précieuse mais que mon anxiété reléguait au deuxième plan. Je rendis justice à son intelligence, mais je regrettai amèrement le temps perdu. Toutefois, ayant rempli mes deux gourdes, je savourai à longs traits l'eau la plus fraîche et la plus agréable que j'eusse rencontrée depuis longtemps. Tout en buvant, je fis machinalement une remarque : j'avais puisé à celle des trois auges qui se trouvait assez loin sous la roche pour que l'approche en fût incommode, même à des oiseaux : les fientes déposées à la margelle des autres auges avaient décidé ma préférence pour la troisième. Or, je m'avisai que des bêtes ou des gens étaient venus boire à la même auge que moi : le niveau de l'eau dans le réservoir s'était abaissé de deux ou trois centimètres, laissant sur les parois une sorte de galon d'humidité qui n'avait pas eu le temps de sécher.

Cette découverte me frappa. Je me penchai pour étudier le sol, et, après de longues investigations, je pus démêler, sur une touffe de mousse, la trace d'un pied humain. Le flair des lions ne vaut certes pas celui des chiens ; mais, comme toutes les bêtes fauves, ils ont des moyens à eux pour se retrouver là où nous errons. J'appelai Saïd, je lui montrai la touffe. Sans hésiter, il me mena vers un autre endroit de la vaste éclaircie.

On eût dit une grande route empierrée par des géants, une chaussée de blocs mal réunis, pleine de fissures, mais offrant une certaine régularité favorable à la marche des chevaux. Je compris que la caravane, si elle avait traversé l'éclaircie, aurait choisi ce chemin. Bientôt, je reconnus le passage de nombreuses bêtes de somme, je suivis la piste. Elle tournait à travers les pierres, puis se mettait à descendre.

Je crus à quelque colossale caverne où les pirates remisaient leurs chevaux et leurs méharis, tandis qu'eux-mêmes campaient dans les environs. Saïd en savait plus que moi là-dessus ; il se glissait silencieusement vers l'ouverture. Je le suivis. Un long couloir de vingt mètres d'abord, puis, un coude : la pente devenait plus rapide, l'ombre s'épaississait. Si j'avais été seul, je me serais arrêté devant cette gueule de l'enfer, mais Saïd avançait toujours. Ses instincts de chasse s'étaient réveillés. Il semblait prendre la partie à cœur, marchant comme un chat qui guette une souris, et je l'imitais, je me glissais dans son ombre. Ce que nous avions le plus à craindre, c'est que les chevaux et les méharis signalassent sa présence. Ils le font de très loin en plein air, mais je pensai que, dans la caverne, ils ne percevraient pas aussi facilement les fumets du fauve. Nous avancions toujours. Au début, la lumière avait décru ; puis elle demeura stable. Une sorte de crépuscule assez doux tombait des voûtes de la caverne, sans qu'il fût possible de voir le ciel. J'en conclus que l'entassement irrégulier des pierres formait notre plafond. Nous descendions toujours. Une vague rumeur montait vers nous. Au tournant d'une galerie, cette rumeur augmenta ; je reconnus le bruit de l'eau qui coule. Quelques pas encore, j'aperçus une nappe courante, une véritable rivière souterraine. Son cours me mena à travers des galeries qu'elle avait vraisemblablement creusées. L'ombre, à présent, alternait avec la demi-clarté ; de grandes salles crépusculaires succédaient à des tunnels obscurs. Généralement, la rivière coulait à ma gauche, dans le flanc du roc, d'autres fois, elle passait au demi-jour, et on la voyait disparaître et reparaître ainsi qu'un filon de métal. J'avançais assez rapidement. Dans toute autre grotte, il aurait fallu se préoccuper du retour ; mais ici, la rivière servait de guide, on ne pouvait se tromper. Après une demi-heure de marche, je me trouvai dans une véritable salle hypostyle dont la voûte était soutenue par plus de cinquante piliers naturels. La rivière y sinuait avec lenteur. J'entendais le frôlement des eaux contre la pierre, et leur clapotement cristallin. Une impression de grandeur mystérieuse me pénétrait ; je ne m'y abandonnai pas, car, au bruit de l'eau, se mêla bientôt un autre bruit qui lui ressemblait un peu, mais plus sourd, plus irrégulier : des voix humaines ! Saïd l'avait perçu plus tôt que moi. Il se coucha à mes pieds pour m'indiquer qu'il y aurait péril à s'avancer davantage.

Cette leçon de sagesse fut inutile : un formidable hennissement roula par les profondeurs de la caverne. D'autres suivirent, puis le tapage de chevaux qui s'ébrouent, le cri bizarre des méharis, enfin une voix d'homme hurlant des ordres ; des sanglots de femmes apeurées. Je pris Saïd par la crinière et nous nous sauvâmes jusqu'à l'entrée de la grotte. Là, mon premier mouvement fut de gagner la forêt ; mais je réfléchis que je perdais ainsi une occasion unique de revoir Aïcha. Je résolus donc de jouer une partie décisive et de me cacher avec Saïd aux environs. Il me resterait au besoin, comme dernière ressource, une attaque foudroyante avec l'aide du lion. Je choisis un groupe de pierres assez hautes pour nous cacher, et, le cœur palpitant, j'attendis.

L'ombre de la caverne est vivante

Deux hommes seulement parurent à la sortie de la caverne. Bien qu'ils fussent armés jusqu'aux dents, j'aurais pu rapidement en venir à bout, avec l'aide de Saïd ; mais, quand ils n'eussent pas crié, leur absence aurait jeté l'alarme, et déterminé les survivants à nous poursuivre. Je me tins donc coi, et j'eus la satisfaction de voir les pirates rentrer dans la grotte, après une courte inspection du paysage. Les chevaux sont des bêtes sujettes aux frayeurs imaginaires. Les nomades, sans doute, s'étaient rassurés.

J'attendis environ une demi-heure, puis je me préparai à ma nouvelle expédition. Ordre fut donné à Saïd de demeurer à l'entrée de la grotte… Il rechigna d'abord, mais, après trois ou quatre tentatives, comme je le ramenais chaque fois, il finit par se résigner. Pour plus de certitude, je revins à des intervalles assez longs, et, le trouvant paisiblement couché, je le caressais et lui adressais la parole. Il a toujours été très sensible aux inflexions de ma voix. Quand je crus l'avoir ainsi bien persuadé, je m'enfonçai dans les profondeurs du souterrain.

À ce second voyage, je me rendis mieux compte de la longueur du chemin. J'évaluai à sept ou huit cents mètres la distance où se trouvait le camp. La grotte semblait ne former qu'un long boyau d'abord, ensuite elle s'ouvrait, se répandait en salles, et, peut-être, en ramifications.

Je me mis à étudier avec soin la rivière. Elle coulait avec une lenteur extrême : il m'était difficile de savoir d'où elle venait, car, de ce côté, l'ombre allait grandissant jusqu'à la plus épaisse ténèbre ; mais, suivant son cours, elle arrivait bientôt dans la zone crépusculaire : on la voyait disparaître deux fois, puis reparaître au loin, à l'endroit où j'avais entendu des voix. Je reconnus le sens du courant en faisant flotter une de mes gourdes.

Il était impossible d'arriver, sans le plus grand danger, auprès du campement ; l'espèce de chaussée qui y menait se trouvait exposée à tous les regards ; même en rampant, il eût fallu s'exposer à chaque minute ; le simple choc d'une pierre tombée pouvait éveiller de terribles échos. Mais l'eau est une route silencieuse. Par surcroît, cette route marchait dans la direction des pirates. Je n'aurais qu'à m'abandonner au courant pour m'approcher, presque indéfiniment, d'Aïcha. Cette pensée s'empara de moi avec une telle force que je ne me donnai pas la peine de bien l'examiner. Dévêtu en un clin d'œil, je ne gardai que mon caleçon. Pour être sûr de retrouver mes vêtements, au cas où je jugerais la retraite nécessaire, je les portai jusqu'à l'entrée de la caverne, où je les cachai sous une pierre, Saïd était toujours là, assez morose. Il fit de nouveau deux ou trois tentatives pour obtenir de m'accompagner, mais je m'obstinai.

Au fil de l'eau

Je revins donc jusqu'à la chute, et me mis à l'eau. La rivière contournait les piliers, entrait dans l'ombre pour revenir ensuite au demi-jour. Malgré tout ce que la situation avait de dramatique, je ne pouvais m'empêcher d'admirer ce grand ouvrage des forces naturelles. Certaines voûtes évoquaient les plus splendides cathédrales. Des colonnes qu'on eût cru empruntées aux temples kmers du Cambodge dessinaient de vagues profils d'animaux. La lumière voilée tombait en éclairages fantastiques.

Mes yeux s'habituaient aux demi-ténèbres. Je distinguais les anfractuosités de la pierre, je me rendis compte que des animaux habitaient ce prodigieux souterrain. Une grande chauve souris, probablement du genre vampire, essaya à plusieurs reprises de se poser sur ma nuque. Je dus faire la planche, et d'un geste de la main écarter la bête importune. Préoccupé de ne faire aucun bruit, ma situation était fort désagréable. Il eût fallu donner à la chauve-souris un coup décisif et je n'osais frapper. À la fin, je pris le parti, quelque répugnance que j'en éprouvais, de la laisser se fixer et de commencer son odieuse opération. Ce fut une minute indicible. Les pattes froides se posèrent sur ma nuque ; à peine si je sentis la piqûre ; mais alors, d'un mouvement rapide, je saisis l'animal par la tête et le plongeai sous l'eau. Il s'y débattit quelques secondes. Je le tenais encore à la main qu'on essayait de me l'arracher. Je levai ma proie à fleur d'eau, et je vis des poissons énormes qui la suivaient.

Cet incident me causa une véritable horreur. Je savais assez mon histoire naturelle pour ne pas imaginer ici la présence de monstres aquatiques ; il me suffisait de penser que certains poissons, dans l'absence de nourriture végétale, avaient pu développer leurs instincts carnassiers. L'idée de sentir tout à coup une rangée de dents pointues m'entrer dans le ventre n'avait rien de réjouissant.

Mes craintes étaient vaines ; aucune bête ne m'attaqua. D'ailleurs, j'approchais de l'endroit où se trouvait le campement ; toute mon attention se porta sur le foyer autour duquel s'agitaient des ombres. Une voix s'éleva, d'autres formes parurent, une grande agitation se manifesta parmi la bande de pirates, puis le silence reprit, auquel succéda une prière. À ce moment, j'entrais dans un tunnel ténébreux.

Dans l'obscurité, j'entendais un gargouillement comme d'une eau qui aurait peine à s'échapper d'une fente trop étroite. Je voulus prendre pied, mais je coulai à pic. Je remontais à la surface, essayant de revenir en arrière, quand, soudain, je me sentis entraîné et aspiré, en quelque sorte, par l'ombre. Peut-être aurais-je réussi à m'en tirer si, dans les efforts que je faisais, ma tête n'avait porté contre une saillie. Étourdi, je perdis durant quelques secondes le sens de la vie… Il me serait difficile de dire exactement ce qui m'arriva : cahoté, déchiré sur des pierres aiguës, à demi noyé, je reparus enfin au jour dans une eau qui, se répandant en un large lit au sortir du tunnel, reprenait son cours lent et tranquille vers le camp.

Cette aventure me rendit terriblement inquiet ; j'observai avec soin la rivière avant de m'abandonner à son cours. Bien qu'il parût évident qu'on devait atteindre l'entrée de la grotte, en traversant plusieurs fois l'eau, je me figurais mal la route, et comment je la retrouverais. Enfin, mon désir de revoir Aïcha l'emportant sur mon amour de la vie, je repris ma nage silencieuse.

J'approchais du but. De temps en temps, au sortir de l'ombre des piliers, la lueur du foyer arrivait jusqu'à moi. Je distinguais assez nettement les visages. Quelques femmes accroupies mangeaient à l'écart… Un Arabe se leva, et dirigea son regard de mon côté. Je n'eus garde de bouger, mais, insensiblement, je plongeai la tête dans l'eau pour m'effacer davantage. Une balle frappa l'eau à quelques centimètres de ma tête, un tonnerre résonna sous les voûtes, se répercutant de pilier en pilier. L'Arabe m'avait évidemment visé. Il fallait trouver un refuge. La fumée du coup de feu me faisait un rideau ; je m'approchai de la rive, j'y vis une sorte de havre, et d'un seul élan je m'y blottis. Quand la fumée se trouva dissipée, les Arabes ne purent m'apercevoir. Je sus, d'ailleurs, qu'ils avaient cru tirer sur quelque gros poisson, car le tireur s'installa au bord de la rivière, avec la paresse naturelle à sa race, attendant que la proie lui fût amenée par le courant.

J'avais craint que la détonation n'attirât Saïd ; mais, soit qu'il n'osât pas enfreindre mes ordres, soit qu'il n'eût pas entendu, rien ne décela son arrivée. Faible, déprimé, languissant, j'avais faim, j'avais froid et ma vie tenait à un fil !… À la fin, las de son guet inutile, l'Arabe rejoignit ses compagnons. Je balançai une minute entre le projet de me remettre à l'eau et celui de m'avancer en rampant sur les pierres. Les deux systèmes présentaient de graves dangers.

Je choisis cependant la route de terre, et ne tardai pas à m'enfoncer dans une galerie qui, tour à tour, s'éloignait de la rivière et y revenait. Le bruit des voix me guidait. J'arrivai ainsi jusqu'à une sorte de fenêtre : elle dominait une salle ronde où, sur une civière transformée en lit, gisait un blessé. Trois femmes étaient avec lui ; deux s'occupaient constamment de lui donner à boire et se penchaient vers sa bouche pour entendre ce qu'il disait, la troisième demeurait accroupie dans une pose découragée : je reconnus Aïcha. Par une chance inespérée, tandis que les autres me tournaient le dos, Aïcha avait le visage de mon côté. Sachant combien le moindre mouvement sollicite plus notre œil que l'objet le plus remarquable, j'agitai ma main tout doucement ; Aïcha leva les yeux !…

Elle fut émue, certes, mais, en vraie Mauresque, elle ne le manifesta ni par un cri ni par un geste. Son regard même, après une palpitation, s'immobilisa ; elle fixa sur moi des yeux sans expression. Cinq minutes coulèrent ainsi, puis, se levant, elle se promena comme quelqu'un qui se délasse et passa près de moi en murmurant tout bas :

— Attends.

J'attendis une heure. J'aurais attendu une éternité. Les sentiments qui m'agitaient allaient de la joie à la crainte mortelle. Si j'avais écouté mon impatience, j'eusse résolu l'enlèvement immédiat d'Aïcha ; mais je ne voulais pas risquer son existence. D'ailleurs, durant mon attente, j'appris que le blessé était le véritable chef des pirates. Il commandait en maître. Deux ou trois fois, il fit venir des hommes auxquels il donna des ordres, et qui l'écoutèrent avec une grande déférence. Il s'était emparé d'Aïcha. Cette circonstance la gardait contre le déshonneur, car le chef était grièvement blessé.

Il remplissait des fonctions religieuses qui accroissaient son prestige. Aïcha savait qu'il ne manquerait pas d'aller faire la prière du soir auprès de ses hommes et qu'il arriverait un moment où elle se trouverait seule. En effet, les pirates bientôt enlevèrent le blessé sur son lit et le transportèrent dans la salle que j'avais aperçue de loin. Les deux femmes l'accompagnèrent. Aïcha demeura seule : elle leva sur moi des yeux étincelants, puis, dans un geste résolu, ôta les voiles qui lui cachaient le visage. Je compris la signification de cet acte, et je demeurai dans un saisissement de joie. Malgré tous les périls qui nous environnaient, cette minute fut prodigieuse.

— Pars, dit-elle.

— Je veux te sauver, murmurai-je.

— C'est impossible maintenant. Attends-moi hors des cavernes. Tous les jours, je sors, surveillée par deux ou trois hommes seulement. Mon oncle, Saïd et toi, pourriez me reprendre ; mais il faudrait des chevaux.

— Et Abd-Allah ? dis-je.

— Je couperai ses liens.

— À partir de demain, fis-je, nous attendrons tous les jours.

L'invincible coursier

Ce plan, certes, aurait gagné à quelque développement ; mais l'arrivée d'une femme me força à la retraite. En somme, mon expédition était fructueuse. J'emportais l'espérance. Malheureusement, au retour, je m'égarai dans les galeries obscures, et, finalement, je débouchai sur la rivière, à l'endroit même où les prisonniers nègres se tenaient assis. Ces pauvres diables m'aperçurent et, pris d'une frayeur superstitieuse, se mirent à hurler. Je me sauvai, mais j'entendais les pas précipités des pirates lancés à ma recherche. Une lassitude étrange m'avait saisi : je n'avançais plus qu'avec peine, et au hasard, tantôt debout, tantôt rampant sur les genoux et les mains. Après de longs efforts, je vis enfin une clarté plus vive, et, avec l'ardeur d'un instinct, je m'élançai vers elle. Hélas ! elle venait d'une ouverture qui surplombait une sorte de salle naturelle dont les nomades avaient fait une écurie. Des méharis et des chevaux y reposaient ; on y avait entassé des quantités considérables de fourrages, ce qui me confirma dans ma conviction que ces grottes servaient de station de ravitaillement et aussi de magasins. On y entassait les marchandises et les nègres capturés.

Au moment où je réfléchissais à ces choses, je vis se manifester une vive inquiétude parmi les chevaux et les méharis. Cette inquiétude grandit de minute en minute et devint, bientôt le plus formidable affolement. Les chevaux bondirent autour de l'écurie, les méharis poussèrent des cris en courant de toute leur vitesse. J'étais tellement las que ces choses m'apparaissaient comme un rêve. Les pirates accouraient de tous côtés pour sauver les précieuses bêtes. En même temps, le bruit des pas de ceux qui me cherchaient se rapprochait davantage. Est-ce l'atmosphère alourdie de la grotte ou l'immense fatigue, je ne pourrais le dire : une invincible torpeur me coucha sur le sol, ne me laissant pas même la force de songer au péril.

C'est alors que je sentis un souffle embrasé sur ma figure. J'avançai instinctivement les mains ; je rencontrai la gueule de Saïd. À ce contact, je fus comme électrisé. La mort s'éloigna. Je me levai et m'accrochai à la crinière de mon compagnon. Le chemin que je ne pouvais trouver, l'instinct de la bête allait me l'ouvrir par enchantement. Je n'ai souvenir que d'une galopade effrénée par de longues galeries, de la rivière traversée deux fois à la nage, et je me retrouvai à la sortie de la grotte, à l'endroit où j'avais laissé mes vêtements et mes armes.

Bientôt les Arabes parurent, en petit nombre. Poussant des cris, ils s'avancèrent : ils étaient six. Derrière eux, un septième jaillit de la grotte. Au rebours des autres, qui marchaient avec prudence, celui-là se mit à courir vers la forêt. J'épaulais déjà, j'allais tirer, quand je reconnus Abd-Allah.

Je n'étais pas seul à l'avoir reconnu, malheureusement ; car il essuya un coup de feu. Blessé, il se courba, se mit à ramper jusqu'auprès d'une pierre, derrière laquelle il s'abrita. Celui qui avait tiré vint droit à sa victime, en négligeant les précautions les plus élémentaires. Il était à portée de mon fusil ; j'eus le temps de le viser et de l'abattre. Les autres s'arrêtèrent. Ils n'avaient aucun intérêt à précipiter le dénouement, la grotte allait leur fournir du renfort. Je résolus donc de ne pas attendre et de tourner leur position. Si j'avais été seul, mon projet eût été irréalisable ; avec Saïd, je pouvais le tenter. La grosse affaire était de ne pas risquer la vie du lion. Je le conduisis donc à couvert, jusqu'à cent mètres des Arabes. Là, je fis tout ce que je pus pour l'amener à rugir. Je connaissais deux ou trois moyens d'y arriver : Saïd éleva sa grande voix. En même temps, je tirais deux coups de fusil qui fit penser à mes ennemis qu'ils étaient pris de flanc. La panique leur donna des ailes ; ils disparurent.

Je courus à Abd-Allah. Il n'avait qu'une blessure légère. Sa joie, quand il me reconnut, fut attendrissante. De ce moment, il cessa, dans son cœur, d'être hostile à l'étranger. Nous nous hâtâmes de fuir vers le bois et d'y dérober notre marche. Saïd nous précédait. Au contraire de ce qu'aurait fait un chien, jamais il ne revenait en arrière. Lorsqu'il avait une forte avance, il nous attendait, remplissant ainsi son rôle de guide avec une sobriété de gestes que seule égalait sa certitude. C'est ainsi que nous rejoignîmes Oumar.

Abd-Allah nous raconta comment sa sœur et lui avaient été capturés. À peine arrivés à la fontaine, et tandis que le lion chassait à distance, les pirates les enveloppaient. Le chef ne joignit les bandits que le lendemain et s'adjugea la jeune fille. Quand survint le troupeau des éléphants, la caravane galopa dans la direction opposée, puis elle prit un biais, si habilement, qu'elle se trouva sur le flanc des fugitifs, non loin du ravin où, plus tard, nous devions nous réfugier.

Après notre attaque, le chef nous donna la chasse et parvint à nous acculer dans le ravin. Il se montrait très épris d'Aïcha dont il en eût fait sa favorite s'il n'avait reçu un de nos coups, de feu. On le transporta, en même temps qu'Aïcha, qui fut respectée de tous, comme appartenant au maître.

Aïcha ne risquerait rien tant que le chef serait malade. Il fallait donc agir assez promptement. Oumar, Abd-Allah et moi tînmes un conseil de guerre. Les deux Orientaux semblaient démoralisés. Abd-Allah ne croyait pas qu'il y eût moyen de combattre un si grand nombre d'hommes ; Oumar proposa de se dévouer, il jouerait le rôle d'un marabout : il parviendrait peut-être à enlever Aïcha sans coup férir. Je refusai ce sacrifice et je développai un plan qui fut adopté. Je transportai notre camp, le soir même, à bonne distance de la grotte. Dès le matin, prenant avec moi Saïd et Abd-Allah, j'explorai le bois, à la recherche de quelque issue nouvelle des cavernes : elles étaient trop vastes pour qu'elles n'offrissent pas plusieurs accès. Par intervalles, j'appliquais mon oreille contre terre ; je percevais une rumeur légère et sourde, qui faisait palpiter la terre. Abd-Allah la percevait aussi bien que moi.

— Abd-Allah, dis-je, la rivière souterraine passe ici ; il nous faut tâcher de l'atteindre.

— Mais nous sommes très loin de la grotte, murmura-t-il en proie à une grande surprise… Comment retrouver Aïcha par ce chemin ?

— La rivière est un guide sûr. J'en ai fait l'expérience. Je la suivrai, tantôt à pied, tantôt, en nageant. Saïd m'accompagnera, me guidera au besoin, me servira à effrayer les ennemis, si c'est nécessaire. Où passe la rivière, je passerai.

— Même avec Aïcha.

— Même avec Aïcha. Si, durant mon premier voyage, j'ai rencontré un passage difficile, c'est que j'étais obligé de demeurer dans l'eau. Il m'a paru, d'ailleurs, que la rivière, au-delà du camp, coule dans un vaste tunnel.

Ces arguments ne suffirent pas à persuader Abd-Allah. L'idée d'une pareille entreprise le faisait grelotter. Mais j'étais résolu. Nous continuâmes nos recherches. Une fissure se présenta, trop étroite. Nous travaillâmes jusqu'à la nuit à l'agrandir. Elle était creusée dans un calcaire assez friable que nous coupions avec de grosses branches. Nous n'aboutîmes point ce jour-là. Abd-Allah n'en pouvait plus ; une rage fiévreuse me dévorait. Nous rejoignîmes Oumar et, le lendemain, tout notre campement fut transporté à l'endroit où nous creusions. Oumar nous aida. Nous pûmes atteler les chevaux à un bloc qui nous gênait particulièrement.

Allah est grand ; la vie est belle !

… Le troisième jour, dès nos premiers efforts, un bloc que nous fîmes basculer découvrit un boyau assez large pour permettre le passage. J'y amenai Saïd qui, tel un grand chat, se mit à ramper le long de la galerie. Je le suivis. Le murmure de la rivière m'arriva, si distinct, que je m'arrêtai, dans la crainte instinctive d'y tomber : mais Saïd avançait toujours ; je le rejoignis. Un souffle humide me caressa le front. Nous nous trouvions à deux ou trois mètres à peine au-dessus de la rivière. Il n'y aurait pas eu grand danger à se laisser tomber ; mais je ne voulus pas courir inutilement ce risque. Je retournai à la surface et, avec une partie de nos vêtements, nous confectionnâmes une corde. Oumar et Abd-Allah me descendirent. La corde était un peu courte. Au retour avec Aïcha, je ne pouvais pas remonter. Oumar et Abd-Allah l'allongèrent.

Cela dura une bonne heure : je commençais à désespérer, quand Oumar et Abd-Allah me rejoignirent. Je changeai de vêtements, en ayant soin, toutefois, de m'habiller le plus légèrement possible ; puis je pris avec mes compagnons toutes les mesures utiles. Oumar demeurerait sous bois, les chevaux prêts, aux abords de l'ouverture ; Abd-Allah me suivrait de loin et m'aiderait, en cas de poursuite, à arrêter l'ennemi.

Je me glissai avec précaution à travers les galeries obscures de la caverne. Dans cette partie, aucun rai de lumière ne venait éclairer la surface de l'eau. Je souffris beaucoup des absolues ténèbres. J'avais beau me raisonner, me dire que la rivière était un fil d'Ariane infaillible, je n'en éprouvais pas moins une profonde angoisse.

Le bord de la rivière demeurait praticable ; je le suivais avec précaution, car il offrait des creux et des bosses perfides. Ceux qui se sont trouvés dans la nuit complète savent que la notion du temps y est presque abolie. Je crus avoir fait en deux heures un trajet qui en prit six. Un frisson de Saïd me fit tendre l'oreille : je discernai un murmure qui n'était pas celui de l'eau. Étais-je à proximité du camp ? La réponse arriva sous la forme d'un hennissement très faible ; puis j'aperçus la lueur des brasiers.

J'avais mon plan dans ma tête, très simple, si les circonstances s'y prêtaient, d'une exécution difficile dans le cas contraire. Mais il fallait découvrir Aïcha. Elle pouvait se trouver dans une partie de la grotte où elle serait entourée de gardiens. Et alors ?… Je comptais sur la coutume des musulmans de séparer les femmes des hommes ; j'espérais qu'on aurait laissé Aïcha dans l'endroit où je l'avais vue.

Simon espérance se confirmait, je n'aurais qu'à remonter une rivière dont je connaissais le faible courant et à gagner un point abordable. Là, j'aviserais.

Je marchai aussi longtemps que je le pus sans craindre de fâcheuses rencontres. Je ne me mis à l'eau qu'au moment où le murmure des voix devint très distinct. Le chenal se rétrécissait et le courant augmentait un peu. Cela me donnait bon espoir pour le retour. D'autre part, la rivière devait former une nappe bien unie, sans cascade ni chute d'eau ; l'oreille m'en avertissait. La lueur d'un flambeau éclaira les profondeurs mystérieuses. C'était à un tournant. Je m'approchai de cette lueur en longeant la rive. Un flamboiement rouge sortit enfin d'une ouverture, et je faillis pousser un cri de triomphe : Aïcha dormait dans la salle d'où venait la lumière ; deux de ses compagnes, ou de ses servantes, dormaient auprès d'elle...

On n'entendait que le bruit sourd des chevaux qui piétinaient, et, de temps à autre, une voix basse lointaine.

Il me fallait faire un détour. Je me remis à nager doucement, lorsque je fus arrêté par un objet que je pris d'abord pour un pilotis, mais que je reconnus ensuite pour un radeau, à l'aide duquel, sans doute, les brigands traversaient la rivière. C'était un admirable moyen d'évasion. La précipitation avec laquelle je revins à l'ouverture aurait pu m'être funeste, car je perdis l'équilibre. Cela fit du bruit. Une voix appela en arabe ; une main s'avança sur la rivière en agitant un falot. Je me tassai sur la pierre, épouvanté. Enfin, le silence renaquit.

Je laissai encore couler dix minutes. La patience du tigre au guet m'était venue. L'amour me donnait un empire miraculeux sur mes nerfs. Je me penchai à l'ouverture, et je répétai tout bas le nom d'Aïcha, sachant combien, même dans notre sommeil, nous sommes sensibles à l'appel d'une voix familière. Mes prévisions s'accomplirent : après quelques secondes d'effarement, Aïcha ouvrit les yeux. Ce qui se passa ensuite fut étrangement net, précis et rapide : avant que j'eusse eu le temps de rien prévoir, la jeune fille se trouvait auprès de moi. Je la saisis par les épaules, la fis passer par l'ouverture, et, la pressant contre ma poitrine avec une passion redoublée par l'angoisse, je courus au petit bac. Nous dérivâmes longtemps.

Il n'y eut pas d'alerte. Nous retrouvâmes Abd-Allah et Oumar, puis nous voyageâmes à toute vitesse pendant plusieurs journées.

Robert Fabre cessa de parler. Nous considérâmes longtemps l'étendue de sable et des rochers, le Sahara sinistre qui se prolongeait démesurément par-delà l'oasis. Une jeune femme parut, voilée du nicab et du litham, suivie de deux enfants, l'un bistré et aquilin comme Hannibal, l'autre blond et presque rose. Un énorme lion se leva sur ses pattes rousses et rugit vers l'espace : Robert désigna ces quatre êtres :

– Aïcha... mes petits... Saïd !

Et comme un vieillard surgissait à son tour, il le désigna aussi, disant :
– Et Oumar Koutou. Allah est grand ; la vie est belle !